明日町《あしたまち》こんぺいとう商店街

心においしい七つの物語

寺地はるな　蛭田亜紗子　彩瀬まる　芦原すなお
前川ほまれ　大島真寿美　山本幸久

ポプラ文庫

——未来、夢、希望が、ひとを、まちを彩る。

スカイツリーを見上げる下町のかたすみに、
ひっそりと息づく商店街がありました。
それが——**『明日町こんぺいとう商店街』**。
こんぺいとうの角は、24個だって知っていましたか？
戦後の焼跡に、24軒のお店が集まって歩き出したこの商店街は、
だから明日町こんぺいとう商店街。いつまでも味が変わらない、
ひとつとして同じ形がないこのお菓子には、
「商店街の永年の繁盛、お客様の健康長寿」を祈り、
「個性ある商店街づくり、店づくり、そして人づくりを」という
願いが込められています。
さあ、今日も店がひらきます。

ぺいとう商店街 map
明日町公園
しゑなん堂
いとう商店街
川平金物店
ツルマキ履物店

明日町こん
東
南
北
西
大通り
インドカレー
ママレード
うさぎや
明日町
四丁目交番
明日町こんぺ
サクマ手芸店
カフェ スルス
明日町
こんぺいとう商店街入口
明日町
こんぺいとう商店街

明日《あした》町《まち》こんぺいとう商店街

心においしい七つの物語

一軒目

『サクマ手芸店』

寺地はるな

Haruna Terachi

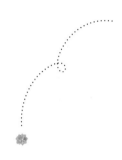

Profile

寺地はるな（てらち・はるな）

1977年佐賀県生まれ。大阪府在住。2014年『ビオレタ』で第4回ポプラ社小説新人賞を受賞し、翌年デビュー。著書に、『わたしの良い子』（中央公論新社）、『大人は泣かないと思っていた』（集英社）、『正しい愛と理想の息子』（光文社）、『夜が暗いとはかぎらない』『月のぶどう』『ミナトホテルの裏庭には』（以上ポプラ社）などがある。

あべこべであったなら、と時々糸子《いとこ》さんは思う。ずっと昔には強くそれを願って。けれども近頃は、すこしの不安を抱えて、自分の心に問う。もし、あべこべであったなら。サクマ手芸店はガラス張りの店で、扉に銀色の文字で大きくサクマ、と書いてある。最初は金色だったのが、今ははげて銀色だ。店の中から見ると逆さ文字になり、店の奥にある大きな鏡にうつると、また反転される。それを見るたび、糸子さんは思うのだった。あべこべであったなら、と。わたしとやっちゃんの人生が。あるいは、顔が。性格が。もしくは、名前が。

扉を開けて、入ってすぐの棚は手芸キットのコーナーだ。羊毛フェルトでつくる猫やパンダ。レジンのアクセサリー。あれもこれもと並べたいところをぐっとこらえる。あくまで品良く、すっきりと。その隣はボタンの棚。天井近くから床まで、小さな抽斗《ひきだし》が並んでいる。なかにどんなボタンが入っているのかわかるよう、抽斗の前面には見本のボタンが張りつけてある。店の右側は布のコーナー。そして糸、毛糸、リボンやテープやビーズ。アンティークのミシンも飾ってある。去年、おぼえたてのネットオークションで手に入れた。品揃《しなぞろ》えでは大型店舗に敵わないのだからこっちはセンスで勝負よ、と気負っている糸子さんだった。

大きな鏡の前には、六人掛けのテーブルがある。昔は布をぎっしりつめた棚を置いていたところへ、思い切って在庫を減らして骨董《こっとう》のテーブルを据えた。五年前のことだ。ここで月に一度、ワークショップをおこなう。定員五名。くるみボタンのヘアゴムづくりだとか、ミシンでつくるレッスンバッグ、だとか。「お茶とお菓子つき」と小さく書いた張り紙を店の外壁に張っておくと、わりあい申し込みがある。中途半端にあまった在庫を利用できるし、なかなかに良いアイディアだったと糸子さんは思っている。

先代の頃には手書きでつけていた、ごちゃごちゃとわかりにくい帳簿を「なんとかせねば」と奮起してパソコン教室に通って会計ソフトの使いかたを覚えた。火曜の定休日には雑貨屋さんをめぐって若い娘さんの流行を調査している。商売の発展のために日々尽力している糸子さんだが、サクマ手芸店の経営者ではない。この店は、あくまで康恵《やすえ》さんのものだ。

糸子さんと康恵さんは同い年の従姉妹《いとこ》どうしで、かつては同じ町に住んでいた。糸子さんのお父さんは市役所勤めの長男で、康恵さんのお母さんはその妹にあたる。

康恵さんのお母さんは娘が三歳の時に、「夫がぜんぜん働かない」という理由で離婚した。離婚からちょうど三年後にこの明日町《あしたまち》こんぺいとう商店街でサクマ手芸店を開業した際、糸子さんのお父さんと、両親（糸子さんと康恵さんにとっては、祖父母）からかなりの額の資金援助があった。

「ほんとにあの人は妹に甘いんだから。お義母《かあ》さんたちだって。あーやだやだ」と、もう四十四年も昔のことなのに、御年七十五歳の糸子さんのお母さんは昨日のことのように愚痴《ぐち》をこぼす。わたしなんてさあ、ちょっと新しい洋服なんか買うたびにお父さんにねちねち怒られてさあ、いやんなっちゃう、という話を、糸子さんはもう通算百回は聞かされている。糸子さんのお父さんも祖父母も何年も前に他界しているのだが、そうなってもなかなか金銭にまつわる恨みは根深いようだった。

義妹にたいして複雑な感情を抱いていた糸子さんのお母さんにひきかえ、康恵さんのお母さんはのんきなものだった。糸子さんをたいへんに気に入ってもいた。糸ちゃん、糸ちゃん、と言ってやたら家や店に呼びたがった。その際居合わせた客に「娘のイトコの糸子ちゃん」と紹介するのが常であった。別段おもしろくないその駄洒落《だじゃれ》を、よほど気に入っていたらしい。言ってから必ず唇の下にひとさし指を当ててくすくす笑った。冗談のセンスはないがすこぶる可憐《かれん》な人だった。

糸子さんも叔母《おば》になついた。きっと将来役に立つ、と言われて、針仕事をみっちり仕込まれた。もちろん康恵さんも一緒だった。もっとも康恵さんは器用だったが飽き性で、いつも途中で逃げてしまう。それが母親にとっては嘆きの種のようだった。

糸ちゃんはコツコツがんばる努力の子ね、えらいのね、と頭を撫《な》でられ、糸子さんはだから尚更《なおさら》、手芸にのめりこんだ。糸子さんのお母さんはテストで九十点をとってきても「百点ではない」という理由でくさす人だった。この人が自分のお母さんだったらよかったのにと、何度思ったかわからない。

生まれつき身体《からだ》が丈夫ではなかった康恵さんのお母さんは、娘には同じ苦労をさせまいと康に恵まれるという名をつけ、「病上手に死に下手っていうから案外わたしみたいなのが長生きするかもよ」といつも笑っていたが、五十三歳の若さで死んでしまった。

胃を患って、もともと細かった身体が更に半分ほどに痩《や》せてしまった康恵さんのお母さんは、その骨ばった手で糸子さんの手を握り「やっちゃんをお願い、あの店をお願い」と何度も何度もかぼそく繰り返した。

康恵さんと糸子さんが「たまに手伝う」程度だったサクマ手芸店を正式に継いだのは、そのすぐ後だ。今から二十年前のことになる。康恵さんはほんとうは店を閉めてしまおうと考えていたらしい。でも糸子さんが「わたしも手伝うから閉めないで」としつこかったから継いだだけだと、今でも康恵さんはよく口にする。あたしは糸ちゃんの熱意に負けただけですからね、と。

二十年よ、びっくりよねえ、と糸子さんはひとりごちる。六人掛けのテーブルに、入り口に背を向ける恰好《かっこう》で腰かけている。時折、顔を上げて鏡を見る。商店街を通る人が、そこにうつる。

昔は鏡を見るのがとてもきらいだった。自分の外見が好きではないから。

それでも。鏡に向かってちょっと前髪を直す。五十年もつきあっていれば、それなりに愛着もわく。それなりに、ではあるけれど。

元ソフトボール部でしょ、と昔誰かに言われたことがある。比較的がっしりした体つき、カフェオレよりはもうすこし濃い色の肌、よく通る大きな声、いつもさっぱりと短く切った髪、などの自分を構成するそれらの要素を挙げていくと、なるほど言い得て妙と膝を打ちたくもあり、見た目で決めつけるんじゃないよと怒鳴りつけてやりたくもある。糸子さんは昔、茶道部の副部長をしていたこともある、ばりばりの文化系である。

手芸屋さんって感じがしませんね、と、これは複数人に言われた。息子の同級生の親など、大人になって店の外で出会った相手から、特に。

康恵さんは若い頃から可憐な母親にそっくりだと、親戚間でも商店街でも評判だった。きゃしゃな身体に、透きとおるような肌をして、すこし咳きこむと刷毛《はけ》で紅をひいたように頬《ほお》が赤く染まる。黒々した長い睫毛《まつげ》にふちどられた大きな瞳がいつも濡れていて、中原淳一《なかはらじゅんいち》の絵のように可憐な康恵さん。「糸子」という名は自分より彼女に似合うと糸子さんは思う。瀟洒《しょうしゃ》な洋館の窓辺で絹のハンケチにフランス刺繍《ししゅう》を施していたら、さぞかしさまになるだろう。その細い指で銀色の針を持ち、時折首を傾げる。窓辺に飾ったマーガレット。白いレースのカーテン。

もしわたしたちの名があべこべであったなら、すこしは気が楽だったろうかと若い頃はよく考えた。いかにもワタクシが康恵でございます、と胸をはって名乗れただろうかと。頭の中でどうでもよいようなことを考えながら、それでもけっして作業をする手はとめない。そういう性分だ。時々、肩をこきこきと鳴らす。首もぐるりとまわす。肩こりは手芸をする者にとってはやっかいな相棒のようなものであって、なんとかだましだまし、やっていくしかない。なんせ相棒だから。

来月おこなうワークショップのために、人数分のキットの準備をしている。今回は「糸巻き百色眼鏡《めがね》」。万華鏡を「百色眼鏡」と昔ふうに表記したのは、そのほうが雰囲気が出る、と康恵さんが言ったからだ。ワークショップのキットを用意したり、在庫の管理をしたりという地味な作業のいっさいは「糸ちゃんあたし無理」と言って糸子さんに全面的に任せているが、そういう気まぐれな指示はよく出す。糸子さんは黙って従う。

それが「あたる」ことが多いからだ。

やっちゃんは、接客はきらいではないようだけど。と糸子さんは、今日は休みを取って出かけている従姉妹のことを思う。ワークショップのように、初心者に根気強くなにかを教えるようなことは苦手なのだ。全面的に糸子さん任せにして、隣で優雅に爪など磨《みが》いている。

ワークショップ終了後には「よくやるねえ、こんな面倒くさいこと」などと頬杖をついて糸子さんをじろじろ見たりもする。

しかし昨日帰り際《ぎわ》に「万華鏡のオブジェクトに、去年仕入れたこんぺいとうのかたちのビーズを使うと良いと思う」などと呟《つぶや》いていたから、まるきり無関心なわけではないのだった。

そもそもそれを仕入れた経緯も、康恵さんが「これでアクセサリーをつくったらかわいいと思う、若い女の子はお菓子のミニチュアみたいなのが好きでしょう」と言い出したからだ。他にもお菓子を模した手芸のパーツはあるのにあえてこんぺいとうのかたちのビーズなのは商店街の名を意識したのに違いない。事実こんぺいとうのビーズを使ってつくるブレスレットやピアスのキットは、よく売れた。だから糸子さんは、康恵さんの気まぐれな指示を決して聞き流さない。

万華鏡のつくりかたは、意外なぐらい簡単だ。長細い鏡を三枚、三角形にはり合わせて、筒《つつ》に入れる。筒の上部の蓋《ふた》にアイホールをつけて、筒の先には透明のケースを取りつける。ケースの中に入れるオブジェクトはなんでもいい。ビーズ。スパンコール。ちいさなボタン。クリップや輪ゴムなども、おもしろい映像になる。なんということもない小さなものが、万華鏡の筒の中に入れた途端にきらきらとゆらゆらとひかり輝く夢に変わる。それを覗《のぞ》きこむ時、糸子さんはぞくりとする。くらりともする。

今回は万華鏡の筒の外側に布を貼るのではなく、糸を巻くことにした。つややかなリリアン用の糸を巻いて和風に仕上げても良いし、毛糸ならまたがらりと印象が変わる。あえて麻や革のひもを使っても、きっと味がある。テーブルに広げた糸やリボンを筒に巻きつけては外し、糸子さんは頬《ほお》に手を当てて思案する。

こんぺいとうのかたちのビーズは内側のオブジェクトにつかうだけでなく、外側に巻きつける糸に通してワンポイントにすると、万華鏡の内と外に統一感が出てきっと楽しい。ねえこれ良いでしょう、やっちゃん。心の中で、話しかける。そろそろ帰ってくる頃だろうか。午後四時をさしている壁の時計を見上げる。

まる一日休みは取っているが、用事が済めば家ではなくこちらに戻る、と康恵さんは言っていたし、糸子さんとしても、ぜひともそうしてほしかった。今日だけは、ぜひとも。

透明のケースに、色の組み合わせに気をつかいながら、ビーズやボタンをひとつひとつつまんで入れてみる。

ケースにこれらのオブジェクトだけを入れた万華鏡はドライタイプといい、かしゃりかしゃりと切り替わる映像が楽しめる。オイルタイプといってケースにグリセリンを注いだものは映像がゆっくりとなめらかに動いて、おもしろい。どちらも良いが、糸子さんはオイルタイプを好む。こちらのほうは同じ映像が出現する確率が限りなくゼロに近い。その事実にぐっとくる。

アイホールから覗いて、手首を左右に傾けたり首をひねってみたりしながら、糸子さんはしばらくのあいだ、乱反射する世界にたゆたう。

扉が開いて「オウ」というような声が聞こえた。鏡越しに、へんな挨拶《あいさつ》をする息子を見て苦笑いする。「充輝《みつき》」と呼んだら、そんなつもりはないのに咎《とが》めるような口調になってしまった。「充輝、プリントはちゃんとランドセルから出しなさい！」「充輝、はやくお風呂に入りなさい！」「充輝、また散らかして！」「充輝、あんた冷房の温度下げ過ぎ！」なんて二十二年も言い続けていれば、自然とそうなってしまう。

「あんた、学校は」

「もうおわった」

充輝はずかずかと、大股で店の奥まで入って来た。すこし背中を丸めて歩くくせがある。父親にも母親にもこの子は似なかった。目が細くて、鼻が妙に高い。恰好良く高いのではなくて、シリコンを入れてむりやり高くしたような不自然な鼻なのだ。整形手術をしたわけではないのに。

母親としてはあまり認めたくないのであるが、凶悪犯の役をよく映画やドラマで演じている、「演技派」とか「個性派」とか評されることの多い俳優に似ている。

「あれ、康恵さんは?」

充輝は糸子さんのすぐ後ろまで来て店内を見渡している。

康恵さんは若くてきれいだし、ふたりが同い年とはとても思えない。最近充輝は、母親にそんな憎まれ口をたたく。料理だって、康恵さんのつくるやつのほうが、ずっとうまい、などと。うるさいね、と、その都度糸子さんは不機嫌になる。やっちゃんは独身だから、あんまり老けてないの、お料理だって半分暇つぶしみたいに、やりたい時だけやるからあんなふうに手のこんだものをつくれるのよ、と答えることにしている。康恵さんのつくる料理というのは、イベントじみている。とにかくやたらめったら、丸焼きしたがる。おもに鶏などを。お刺身なども、たいてい木製の舟形の容器に盛られてどーんと出てくる。あの旅館の夕食などでよく見る、大きな。こんなのどこで買ったの、と尋ねたら「内緒」と言って、うふふと笑っていた。

糸子さんのつくる毎日の料理は冷蔵庫にあるものあるいはスーパーの特売商品を組み合わせた、なになにとなになになにを煮たやつ、というようなそういう正式名称の無い惣菜たちであるから、同じ土俵に上げられても困るのだった。

でもそんなふうに息子と話せるようになったのはつい最近のことだ。数年前まで充輝は周囲の大人とまともに口を利かなかった。素行も悪かった。かろうじて警察のお世話になったことはないが、糸子さんはあちこちに頭を下げたり、『男の子の育てかた』などという本を読み漁《あさ》ったり、悩ましい時期が長く続いた。

むずかしい年頃なのよ、そんなのはよくあることよと周囲の人には言われたが、当時は気安めにもならなかった。

そんな充輝は、なぜか昔から康恵さんにだけは気を許していた。康恵さんのほうも「充ちゃん」呼びで可愛《かわい》がり、糸子さんの知らないあいだにどこかへ連れて行ったり、わりあい高価なものを買い与えたりすることもあった。

そのたびに糸子さんは、康恵さんをちょっと疎ましく思った。自分の子どもじゃないからそんなふうに無責任に接することができるんだわ、と文句を言ってやりたくもあった。康恵さんが「充ちゃんはいい子よ、なんにも心配いらないわ」と言うたび、いい気なもんだわと舌打ちしたくなった。

康恵さんは結婚していた時期はあるが、子どもがいたことはない。「子どもはきらいよ。うるさいし、汚いから」と言いながら、充輝に向ける眼差《まなざ》しは、いつもやわらかい。

「やっちゃんは、今日は、お葬式よ」

糸子さんは息子のために椅子《いす》をひいてやりながら言う。充輝はお葬式って誰の、と言いかけたが、糸子さんと目が合うとなぜか口ごもった。小さく咳払《せきばら》いしてから「ふーん」と頷《うなず》く。

充輝が隣に腰を下ろすと、甘い香りがした。バニラのような。

個性派俳優のような外見の、高校を卒業できるかどうかもあやうかった充輝は、なんとか留年を免れた。卒業後しばらくアルバイトをやったり辞めたりした後に、製菓の専門学校に行きたいと言い出した。ぜひ行かせるべきだ、という康恵さんの強いすすめもあって「学費を出すのはこっちなんだけどね」と軽く反発しながらも、結局はそうした。途中で投げ出すんじゃないか、と糸子さんの夫は渋っていたが、入学から今日まで毎日まじめに通っている。

パティシエ、という単語を発声することが、糸子さんにはなかなか難しい。舌に乗せるのがなんとなく気恥ずかしいというか、ためらわれる響きと字面なのだった。だからいつも「洋菓子職人」あるいは「パ」と呼んでいる。誰かに話す時には「洋菓子職人」、頭の中で考える時は「パ」を用いる。充輝は立派なパになれるかしら、という具合に。

とにかく充輝がパになりたいなどと思っていたとは両親はてんで知らなかったけれども、自ら興味を持ったことを学ぶ日々の中で本人の内面に変化が生じたのか、ようやく「むずかしい年頃」を脱したのか、充輝の様子は以前よりは快活になり、素直にもなり、糸子さんにも「ああ」とか「ふん」以外の言葉を発するようになった。最近では軽口も叩《たた》く。康恵さんと比較されるのは喜ばしくないが、息子がよく喋《しゃべ》るのは、喜ばしい。

テーブルに散らばった万華鏡の材料を見て、充輝が「これなに？」とふしぎそうな顔をする。「万華鏡よ」と手にしていた試作品を渡した。

「ふーん」

充輝はたいして興味もありません、という表情で、それでも一応、アイホールに目を近づける。

万華鏡の良いところは、きれいな世界をポケットや鞄に入れてどこにでも持っていけることで、良くないところは隣にいる人と一緒にきれいな世界を同時に見ることができないところだと、糸子さんは片目を閉じる際に不恰好にくしゃりとゆがめられた息子の横顔を見ながら思っている。だから万華鏡はうつくしくて、そうしてすこしだけ、さびしい。

「メロンと桃、どっちが好きだったっけ？」

万華鏡を覗いたまま、充輝が唐突に問う。すこし考えてから、やっちゃんはどっちもあんまり、と言いかけると、充輝はこちらを見る。

「康恵さんじゃなくて、そっち」

もどかしそうに、糸子さんに向かって顎《あご》をしゃくってみせる。

「どっちも好きだけど、桃のほうが、どちらかというと」

答えながらなぜか糸子さんは、たじろいだ。どうして康恵さんのことを訊《き》かれたと思ったのだろう。自分自身が朝からずっと康恵さんのことばかり考えているからだろうか。

「ふーん」

先程と同じことを言って、充輝は万華鏡を糸子さんに返した。

「お茶、淹《い》れようか」

糸子さんが腰を浮かしかけると、手で制された。いらない、もう帰る、と充輝は立ち上がった。「あっそう」と頷いた時には、充輝はもうずかずかと店の扉近くまで歩き去っている。わざわざなにしにきたんだか、と思っていると、急に振り返って「自由研究のやつだね、その万華鏡」と言う。

「自由研究？」

小学校の夏休みの。なんか、手伝ってもらったやつ。最後の日に、ほら。充輝の要領を得ない説明によると、八月三十一日になっても宿題が終わらず、自由研究に至ってはテーマさえ定まっておらず、それで結局糸子さんに泣きついてきて、トイレットペーパーの芯《しん》とアルミホイルをはった厚紙でつくった万華鏡を提出した時のことを思い出していたらしい。

覚えていたのね、と糸子さんは声には出さずに呟いて、笑う。充輝は「じゃあ」ともなんとも言わずに店を出ていく。ひょろひょろした背中に、子どもの頃の後ろ姿を重ね合わせる。不恰好な万華鏡をどうにかこうにか完成させ、その後父親から「終わるまで飯を食うな」と叱《しか》られ、べそをかきながら漢字の書き取りをしていた、小さい背中。

出来の良い息子ではなかった。自慢の息子でもなかった。冷淡なようだが、「この子がいなければ生きていけない」とか「わたしの宝物」だとか、そんなふうに思ったことはない。けれども、いないほうが良かったと思ったこともない。一度たりとも。

二十八歳で、充輝を産んだ。結婚は、その二年前にした。夫となる人とはお見合いというほど堅苦しくはないかたちで、はじめて会った。

夫となる人は、糸子さんの親戚のおばさんの夫の会社に勤めていた。糸子さんより五歳年長の人だった。おばさんとその夫の家の庭にはみごとな桜が咲いていて、会社の若いの何人か呼ぶからそこへ来なさい、と糸子さんのお母さんとともに呼ばれたのだった。

桜の木の下に敷いたござの上に正座をしていた「夫となるかもしれない人」を見た時、なんの感慨もなかった。男性の「若いの」がもうふたり、事務員だという女性の「若いの」がひとり、一緒に来ていた。みんなが「ごく自然な流れで」糸子さんたちを隣同士になるように座らせようとするのが、ちょっと嫌だった。自然さを意識しすぎると強烈に不自然になる。こんなことならばいっそ和室で背広と振袖《ふりそで》で向かい合い、ししおどしの音をBGMにして「ご趣味は?」「茶道をたしなんでおります……」などとやるほうが、かえって潔い。

女性の「若いの」は、糸子さんが台所に立った際に寄って来て「彼、やさしくて、素敵な人ですよ」と耳打ちしてきた。(でもあたしは対象外って感じですけど)という意味を含んでいそうな言いかたではあったが、糸子さんはにこやかに「そうですか」と頷いた。

良い人よ、良い旦那《だんな》さんになるわ、きっと。誰もが口を揃えて褒めたし、糸子さんも同意した。賭《か》けごともしないし、お酒も煙草《たばこ》もやらない。良過ぎるぐらい良い人。確かに結婚相手には申し分の無い人だった。今でも「良い人」だ。若干、長生きにこだわり過ぎる傾向があるが。

長生きしたければ○○しなさい、というような題名の本を見ると糸子さんの夫はもうそれを買わずにはいられないようだ。長生きをするためには、あれを食べてはならないとかやってはならないとか身体のどこそこを揉《も》まねばならないとか伸ばさねばならないとか、とにかくクヨクヨしてはならないとか、日々の制約が多くて大変そうだ。

家の本棚の埃《ほこり》をふき取る際、たまに手をとめてずらりと「長生き」という単語が並んだ背表紙を眺めながら、糸子さんは「あの人は、なぜ長生きをしたいのだろう?」とふしぎな気分になる。別段趣味も無いような男が、長生きしてなにするものぞと思う。馬鹿にしているわけではない。単純にふしぎなのだ。

それとも夫には心に秘めた「老後にやりたいこと」というのがあるのだろうか。そば打ちとか。キャンピングカーで旅をするとか。自叙伝を執筆するとか。充輝がパになりたいという夢を秘めていたように、夫もなにか男のロマン的なものを秘めているのかもしれない。

糸子さんと夫はこれまではげしい口論をしたことがない。仲が良い、ということではなくて、夫は不機嫌になったり自分の立場が悪くなったりすると、むすっとして黙りこんでしまうからだ。だから糸子さんは夫の本音というものを、聞いたことがないにひとしい。

あかるくて、元気な人。お花見の席で糸子さんのことをそう思ったという夫もまた、きっと知らない。糸子さんの胸にある、ちいさな不満とか、妬《ねた》みとか、つまらないこだわりだとか、打算だとか、そういうものを。

小学生の女の子がガラスの扉を重そうに上半身を傾けて押して入ってきた。おずおずと店内を見回している。いらっしゃいませ、と、立ち上がって糸子さんはお辞儀をする。

「あのね、目がね、取れちゃったんです」

五年生ぐらいだろうか、髪をふたつにわけて耳の上で結んだ女の子は、手提げを突き出すようにする。綿の手提げにくまのアップリケが施してあって、目は黒いボタンが縫いつけられている。目の片方がいつのまにか取れていて、どこに落としてきたのかもわからないそうだ。

黒いボタンの抽斗から、糸子さんは女の子のためになるべく似たボタンを探す。

「これがいいと思う」

同じ大きさの、同じかたちの、ほんのすこしだけ色味が違うがほとんど同じものに見えるボタンを、どうにか見つけ出すことができた。片目の失われた位置にのせてやると、女の子は頷く。小学校高学年の女の子が使うにはいくぶん子どもっぽいデザインのその手提げは、よく見るとアップリケが毛羽立ったようになっているし、持ち手もほつれかけていた。それでも女の子は、手提げを大切そうにぎゅっと抱く。

きっと大切な人につくってもらったものなのね。糸子さんは思うけれども、口には出さない。

十分ほどすると、若い女性の客がやってきた。友人の結婚式のために、リングピローを手づくりしたいのだと言う。材料を見繕ってやり、端数をおまけしてやる。うきうきと出て行くその客を見送ってから、時計を見る。午後五時三十二分。康恵さんは、まだ帰らない。

リングピローだとか、そういうものを手づくりしてみたいと思う人は、少なくない。糸子さん自身は、なにもしなかったけれども。

結婚式では白無垢《しろむく》を着た。披露宴ではお色直しを三回おこなった。最後の着替えで、赤いびろうどに金糸の刺繍の施されたドレスで控え室の鏡に向かった時「すこしもきれいじゃない」と思った。

人生でいちばん「誰よりもきれいだ」と称えられるべき日なのに、糸子さんは自分のことをちっともきれいだと思えなかった。あの日のやっちゃんに比べたら、ちっともきれいじゃない、と。
糸子さんが結婚する二年前に、康恵さんは結婚していた。結婚相手も康恵さんもお金があまりなかったので、教会で式を挙げてその後小さなレストランで食事会をした。衣装も綿の、ドレスというよりはワンピースに近いものだった。けれども白いヴェールを被った康恵さんは、鳥肌が立つほどうつくしかった。

相手は、城戸《きど》という男だった。

城戸はちょっと掠《かす》れた低い声をした、すうっとまっすぐな鼻筋ときれいな歯並びの、それなのにどことなく爛《ただ》れた感じのする、要するにちょっといい男だった。糸子さんはほんとうは城戸のことがとても好きだった。

糸子さんはその頃、勤めていた会社の休日には、いつも図書館に通っていた。そこで出会った。その図書館の本棚にはいつでも本がぎゅうぎゅうに詰められていて、一冊取り出すのに、相当な力を要する。ふんっと引き抜いたら本棚が揺れて、抜いた本のまわりの数冊が、ばさばさと床に落ちた。まるで怪力女ではないかと赤面しながらしゃがんだら、通路にいた男が歩み寄ってきて本を拾うのを手伝ってくれた。それが、城戸だった。

ごく若い頃の糸子さんは、異性と接する時いつも臆していた。高校生の頃に、廊下を歩いている女子生徒に「あれは五十点」「おお、七十二点」などと点数をつけている男子生徒の会話を耳にはさんだことがあった。男とは己《おのれ》の顔面をかえりみもせず女を容赦《ようしゃ》なく値踏みする生き物なのだと思っていて、だから自分はきれいではないしかわいらしくもないから、と臆していた。自分を認めた異性の瞳に失望が横切らないか、おどおどと確かめずにはいられなかった。

はい、と本を手渡した城戸は微笑《ほほえ》みながら糸子さんを見ていた。ありがとうございます、と糸子さんがぴょこんとぎこちなくお辞儀をすると、いっそう微笑みが深くなった。

城戸の前髪はすこし長く、目にかかると邪魔そうに時々目を細める。前髪を切るか、後ろになでつけるかしてあげたい、と思った。

城戸が小脇に抱えている本が小難しそうな感じだったので、きっと知的な人なのだわと感心した。図書館を出たところで声をかけられて、せっかくだしお茶でも飲みませんかと誘われた時には、なにがせっかくなのかまったくわからないながらも、承諾した。はい、と言うと城戸は子どものような顔で笑い、だから糸子さんは「きっと少年みたいに無邪気な人なのだわ」と嬉しくなった。

相手に好意を持っていると、些細なことをいちいち取り上げては「ほらやっぱり素敵」といちいち加点してしまう。五十歳になった糸子さんは苦笑いしてしまう。良いところしか見えないというよりは、自ら良いところだけ選んで見ようとしてしまう。悪いところには目をつぶって。

お茶でも飲みませんかと言われた、その日の後、数回会った。城戸の仕事や出自は何度聞いても不明な点が多かったが、糸子さんはそれは自分の理解力が無いせいだ、と思っていた。

城戸は糸子さんに対して自分の恋人になってほしいというようなことは一切言わなかったし、よくよく考えてみれば好意をほのめかされたことも一度も無かった。それでも糸子さんは、いくたびも夢想した。自分と城戸との未来を。城戸糸子、などと頭の中のノートに記してみたりもした。「きどいとこ」は「さくまいとこ」よりもなんとなく座りが良くないが、いたしかたあるまいと思っていた。

康恵さんを城戸に会わせたのは、康恵さんが「その人を見てみたい」と言い出したからだ。彼らを結びつけるためではない。でも結果的に、そうなった。会うたび城戸の話をする糸子さんに向かって康恵さんは「糸ちゃんはその人が好きなんでしょう」と笑っていた。

「そういうわけじゃないの」

照れもあって、糸子さんはいつも頑《かたく》なに否定していた。

康恵さんと連れだって城戸の待つ喫茶店に向かった。城戸は窓際のテーブルに、肘《ひじ》をついて俯《うつむ》いて座っていた。

「城戸さん」と糸子さんが呼びかけると、顔を上げた。そして糸子さんではなく、隣にいる康恵さんを真っ直ぐに視線で射貫いた。おそるおそる隣を見ると、康恵さんもまた、城戸を見つめていた。

喫茶店の窓際に、城戸を向かいに康恵さんを隣にして座り、自分を素通りして交わされるふたりの視線を、言葉を、だんだんと燃えあがる炎のようなものをさびしく感じとった。あべこべであったならと、これまでいちばん強く願った。わたしが、やっちゃんだったらよかったのに。

糸ちゃんあの人のこと、ほんとうに好きじゃないの？　と康恵さんは、帰り道で何度も糸子さんにたしかめた。いいのね？　とも。ほんとうに何度も。糸子さんはそのたびに当たり前じゃないの、さんざんそう言ったじゃないの、いやねえ、と笑い、家に帰ってからちょっと泣いた。

城戸と康恵さんは、それから一年もたたずに結婚した。入籍してからわかったことだが城戸は自分の家族と絶縁していた。女性関係の悪い噂も多かった。仕事はいろいろなところを転々としており、借金もあるようだった。額がいくらかは、聞いていない。康恵さんが頑なに隠すから。

　一年もつまい、と佐久間《さくま》家親戚一同から囁《ささや》かれていた彼らの結婚生活は、三年続いた。城戸が何度目かに転職した会社の若い女の子を妊娠させてしまい、それで離婚をした。

　城戸と別れたのち、康恵さんはなにごともなかったように新しい恋人をつくって、ずいぶん楽しそうに暮らしていた。経験を踏まえて選んだのか、恋人は十五歳年上のやもめの資産家だった。資産家には姉が三人いて、康恵さんとの結婚に猛反対したために結局再婚には至らなかった。

　康恵さんが資産家と「飽きた」という理由で別れた頃に、城戸もまた離婚をして、ふたりはふたたび会うようになった。城戸は異性関係にはとことんだらしなかった。ことに若い女が好きらしく、しばらくすると今度は水商売かなにかをしている女の子と良い仲になって、康恵さんとふたたび別れた。

「城戸はいちいち本気になるから、たちが悪い」

　煙草のけむりを吐き出しながら言っていた康恵さんにも、また新しい恋人ができた。今度はなんと大学生だったので、佐久間家親戚一同肝をつぶした。

　それからずっと康恵さんと城戸は、くっついたり離れたりしながら、何年も過ごしてきた。離れているあいだには、互いに別な相手と交際する。「恋多き女」という古くさい肩書きを、康恵さんは周囲から頂戴した。城戸は職を転々とし続け、年齢を重ねるごとにその内容は胡散《うさん》くさいものになっていった。

康恵さんは城戸と別れる時は「顔も見たくない」と言うのだが、なぜか数年が経過するとそれをきれいさっぱり忘れてしまうようで、いつのまにか元の鞘《さや》におさまっている。ふたりが結婚していたのは、最初の三年だけだった。

ここ数年のあいだ、城戸は音信不通になっていた。

「またいいひとが、できたんでしょう」

康恵さんはどうでもよいことのようにそう言って、しれっとした顔で煙草を吸っていた。

それなりの苦労もあっただろうが、総じて康恵さんは軽やかに楽しげに生きてきたように見える。少なくとも、糸子さんの目には。

康恵さんには、もちろん現在も城戸ではない恋人がいる。のろけたりはしないが、時折その恋人がしたことや言ったことを思い出したように糸子さんに話してくることがある。ふんふんと聞き流すふりをしながら、実はしっかりと聞いている。

それらは糸子さんにとっては行ったことのない国の、食べたことのないお菓子なのだった。きれいな包装紙にくるまれていて、きっと甘いであろうということは想像がついても、それがどのような甘さであるのかは、わからない。

うらやましいと思ったことはない。思わないようにしている。ただ時々、糸子さんは想像してみる。自分の人生と、康恵さんの人生があべこべであったなら、どんな感じだったろう、と。

時計が、午後六時をさした。

あと一時間で閉店になる。目頭を押さえて、肩をこきこきと鳴らした。テーブルの上を片づけながら、お茶を淹れようと思った。

万華鏡のキットの準備は、すっかり終えている。透明の袋に入れたものを、籐《とう》の平たい籠《かご》に入れていく。落ちつかない。康恵さんは、四時ごろには帰ってくると思っていた。葬儀を終えて火葬までつきあったとしても、それぐらいには、いくらなんでも。遅すぎる。

テーブルの脇に小さな扉があって、そこを開けると簡単な流し台が設置された三畳ほどの空間がある。糸子さんは電気ポットで沸かしたお湯で、マスカットの香りがするお茶を淹れた。そこに立ったまま熱いお茶を飲む。

くだものや花の入っているお茶を、康恵さんはどこかの誰かから、よくもらってくる。いかにもそういうものを飲みそうに、飲んでいたらさまになりそうに、傍目《はため》には見えるのだろう。康恵さんはお茶に余計な香りがついているのを、くさいくさいと顔をしかめて嫌がる。だからそれを飲むのはいつも糸子さんだけだ。

「糸ちゃーん」

糸子さんはあわてて、店に戻る。康恵さんが戻ってきた。

康恵さんは、テーブルに両手をついて、立っていた。

「糸ちゃん、ただいま」

糸子さんを見て、へら、と笑う。後ろでひとつにまとめた髪がずいぶんほつれていた。

「おかえり」

おかえりやっちゃん。呼びかけながら糸子さんは椅子を引いて座る。康恵さんは立ったままだ。頬が赤い。すこし酔っているようだ。康恵さんが左右にゆらゆらと動くと、黒真珠のネックレスも一緒に揺れた。この胸元に黒いレースがあしらわれた喪服はやっちゃんにとてもよく似合っている、しかし喪服が似合うというのはなんだか不謹慎だから言えない。朝送り出した時にも、同じことを思った。

康恵さんが帰ってきたらどんな言葉をかけようか、朝からあれこれ考えていたはずなのに、いざ本人を目の前にしてみると「どうだった?」と訊くのも「おつかれさま」と労うのもなにか違う気がして、糸子さんは黙っていた。するとと康恵さんのほうから喋り出す。

「まいったよ、ほんと。いやー、ほんと」

康恵さんは、男のような口調をつくって言い、笑った。どうやらすこしではなく、かなり酔っているらしかった。

「ぼろい、汚い斎場のさ、たぶん、いちばん小さい会場で」

弔問客《ちょうもんきゃく》の少なさったら、まいったよ。康恵さんは、ゆらゆら揺れながら、目を閉じる。

「城戸ってば、あんなに女の人といっぱいつきあったのに、お葬式には来てもらえないのね。かわいそう。別れかたがね、へたなのよ。へったくそ。あたしはね、どの人ともきれいに別れてきたつもり。だからあたしが死ぬ時は、あんなさびしいお葬式にはならないでしょうね」

そうでしょう、と糸子さんを見る。

数年間連絡の取れなかった城戸は、重い病気で長らく入院していたらしかった。康恵さんは一切、そのことを知らされていなかった。

おとといの夜に突然、城戸の弟なる人物から訃報《ふほう》を聞かされたのだという。康恵さんは、城戸に弟がいたことさえ知らなかった。

兄のことが嫌いでした。康恵さんにぽつりともらしたというその弟は、城戸には似ていなかったそうだ。

「まじめそうな、感じのいい人だった」

信用金庫の窓口に座っていそうな感じ、と康恵さんは言って、鞄《かばん》をごそごそと探った。ペットボトルの水を取り出して、飲む。口の端《はし》からひとすじ垂れて、やや乱暴に手の甲でぬぐう。

「そう」

他に答えようがなく、糸子さんは頷く。

あんまりさびしいお葬式で、だから火葬場を出てから今までずっとひとりでお酒を飲んでいたのだと、康恵さんは言った。糸子さんはまた、そう、と頷く。

ぼろい、汚い斎場。さびしいお葬式。それらの言葉は、糸子さんの胸をしめつける。城戸さんがねえ、と呟いたら、さまざまなことが思い出された。はじめて図書館で会った時の笑顔。結婚式で康恵さんと並んだ姿は、一対のきれいなお人形のように見えた。すでに遠くに過ぎ去った二度と手を触れられないものであっても、それがこの世から永遠に失われてしまったのだという事実は、糸子さんをさびしくさせる。さびしいお葬式。そんな場所にひとりで出かけて行った康恵さんの心の内を思うと、さらにさびしい。

「ねえ、やっちゃん。座ったら?」

糸子さんがそう言って椅子を引いても、康恵さんはテーブルに手をついて、立ったままだった。

やっちゃんってば、と呼びかけると、康恵さんは手を糸子さんの座っている椅子の背もたれに移動させる。所在なく、糸子さんは鏡に顔を向ける。康恵さんも、鏡のほうを真っ赤な目で見た。

「糸ちゃん、城戸ね」

「うん」

すごく痩せてた、身体が半分ぐらいになっちゃって。うちのお母さんの時と、おんなじだった。康恵さんは、鏡の中の糸子さんをじっと見ている。

「そうなの」

糸子さんは、やっぱり頷くしかない。

火葬したら、骨がね、ぼろぼろで。あの人、牛乳も小魚も嫌いだったから、だから骨が弱かったのかな、だからかな、糸ちゃん。あのね、骨、こっそりポケットに入れてきちゃったんだけど、よかったのかなあ、骨泥棒になっちゃうかなあ、と呟きながら康恵さんは椅子の背もたれから糸子さんの肩に手を移動させた。腰をかがめて、もういっぽうの肩に顎をのせる。

鏡に並んだ康恵さんの顔と自分の顔を、じっと眺める。同じように年をとったとは言い難い、ふたつの顔。

「糸ちゃんは、きれいね」

康恵さんのその言葉を、糸子さんは冗談だと受け取った。だから笑った。康恵さんは笑わない。

「糸ちゃんはきれいよ。すこやかで、身体のすみずみまでさらさらした岩清水みたいな血が流れてそうな感じがする」

酔ってるから。そしてこの年齢になったから、こんなことを素直に言えるのだと、康恵さんは言った。うらやましかった。糸ちゃんはしっかりしてるって、みんなみんなほめてた。城戸だって。

「あんな子と結婚していたら、俺もちょっとはましな人生だったかな」と、城戸がいつだったかぽろっとこぼしたことがあったのだという康恵さんの話を、俯いて聞く。

糸子さんは手を伸ばして、肩に置かれた康恵さんの手に触れる。甲の幅が狭い、肉の薄い康恵さんの手。すこしだけ乾燥している。ハンドクリームを塗らないと、と糸子さんはぼんやり思う。

「わたしは、やっちゃんがうらやましかったのよ、ずっと」

肉の厚いやわらかい手で、糸子さんは康恵さんの手をぽんぽんと軽く叩いた。知ってる、と、康恵さんは真顔で頷く。

「でもね、やっちゃん。最近は思うの。やっぱり、わたしはわたしで良かったなって」

もし、ふたりの顔が、性格が、人生が、名前があべこべであったとしても。それでも、生まれて死ぬまでに受けとる幸せと不幸せの総量は等しかっただろう。たぶんそういうものなのだ、と今は思える。

そうね、と康恵さんは頷いて、ようやく糸子さんの隣の椅子を引いて座る。

「あたしもね、あたしで良かった」

うれしいことも、うれしくないことも、やるせないことも、どうして自分がと思うことも、とても信じられないと思うようなこともたくさんたくさんあって、でもそれらすべて、ないよりはあったほうがよかった、というようなことを康恵さんは、若干呂律《ろれつ》のあやしくなってきた口調で言うのだった。

「糸ちゃん、あたしね。城戸のこと、とても愛していたような気がする」

愛していた、愛している、という表現をつかうことがこの先自分の人生にはあるだろうか、おそらく無いであろう、と糸子さんは関係ないことをぼんやり考えていた。

「でもちょっとだけ、嫌いだった。城戸のことが、好きで、嫌いだった。糸ちゃんのことも、そうよ」

「……そう」

万華鏡をつくる時に選ぶオブジェクトは、と言いながら糸子さんは、テーブルに頬杖をつく。

「同じような色合いのものばかりだと、つまらない映像しかできない。きれいなものだけでも、やっぱりそう。輪ゴムとか、クリップとか、別にそれ自体はきれいじゃないものを入れると、すごくおもしろいものができるのね。……生まれてから死ぬまでも、それと一緒だと思うのね、だから」

懸命に言葉を選びながら話しているというのに、康恵さんは盛大に吹き出した。じ、人生を、と言いかけて、げらげら笑い出す。

「人生を手づくり万華鏡にたとえるなんて、なんなの糸ちゃん、あんたってどんだけ手芸屋なの。なにちょっと良いこと言おうとしてるの」

いやね、と康恵さんはおかしそうにいつまでも笑い続けるのだった。

「むしろ、やっちゃんが手芸屋のくせに手芸への熱意に欠け過ぎなんです」

まじめに喋っていたのに茶化されたので、くやしくなって糸子さんは立ちあがる。これだから酔っぱらいはいやよ、とふくれながらも、康恵さん好みのくだものの香りも花の香りもついていないお茶を淹れてあげることにした。

お茶はいらないから糸ちゃんお酒飲もうよ、という康恵さんの声が、背中を追いかけてくる。それか、海に行こうよ。だめなら、商店街の端から端までじゃんけんしてグリコチョコレートパイナップルってやつやろうよー久しぶりに。子どもの頃神社の階段でよくやったじゃない、などとむちゃくちゃなことを言う。なんだかすごくむちゃくちゃなことをしたい気分なのだそうだ。

「やっちゃん、飲み過ぎ」

湯冷ましにお湯を注ぎながら、糸子さんは声を張り上げる。

「うん。飲み過ぎたかも」

存外素直な声が返ってくる。

「視界がくるくるまわってる。万華鏡みたいで、結構きれいよ」

なに言ってんの。糸子さんは、呆《あき》れた声を出す。

「糸ちゃん、ねえ、糸ちゃん。充ちゃんが今日ここに来たでしょう」

「なんで知ってるの」

濃く淹れた緑茶の湯呑《ゆの》みを差し出しながら、糸子さんは尋ねる。

「あのね、次の休みに家でショートケーキをつくるんだって。糸ちゃんが桃とメロンのどっちが好きかわかんなくて、それでおといあたしに、電話してきたの。だから自分で訊きなって言ってやった。それで、ちなみにあたしは洋酒がたくさん入ってる甘くないケーキが好きよって教えたの。そしたらね」

康恵さんはそこで言葉を切って、お茶に息を吹きかけた。

「はじめて家でつくるものだから、まずは母さんに食べさせたいんだって。母さんにはいちばん心配と迷惑をかけたから、だって。康恵さんにも、また今度ちゃんとつくってあげるからね、だってさ。大人みたいな口調でなだめられちゃった」

充ちゃんはほんとうにいい子ね。康恵さんの言葉に、糸子さんはまた「そうね」と頷く。

いい子。康恵さんの言葉に、今ではもう糸子さんは反発を覚えない。そうね。わたしたちの充輝は、とてもいい子よね。

今日はとことん康恵さんのわがままを聞いてやろう、と心に決める。お父さんに電話をしておかなきゃ。お夕飯はひとりで、外で食べてきてねって。康恵さんが海に行きたいというなら行ってもいいし、気の済むまで城戸の話を聞いたっていい。お葬式のやり直しをしたっていい。でも商店街の端から端までグリコチョコレートパイナップルだけは勘弁してほしいけど。お酒が飲みたいというならつきあおう。康恵さんは明日は、ふつか酔いで休むに違いないけど。

ああ、まったく。でもまあ、それもいたしかたないことよねえ。それがやっちゃんだもの。小さな声でそう呟いて、糸子さんは肩をこきこき鳴らしながら、ちょっと笑った。

二軒目

『ツルマキ履物店』

蛭田亜紗子

Asako Hiruta

Profile

蛭田亜紗子（ひるた・あさこ）

1979年生まれ、北海道出身。2008年第7回「女による女のためのR-18文学賞」大賞を受賞。2010年、『自縄自縛の私』（『自縄自縛の二乗』より改題）でデビュー。著書に、『エンディングドレス』（ポプラ社）、『凜』（講談社）、『愛を振り込む』（幻冬舎）、『フィッターXの異常な愛情』（小学館）などがある。

商店街の古びたアーチをくぐった小嶌以都《こじまいと》のダンガリーシャツが、風をはらんでふわりと膨《ふく》らんだ。今日の空の色によく似ている鮮やかな青のシャツだ。招きうさぎの煤《すす》けたプラスチック人形の横を通り過ぎ、ぎゅうぎゅうと肩を寄せて建ち並んでいる商店ごしに秋晴れの空とスカイツリーを見上げる。はじめてここをおとずれたのは朝から陰気な雨が降り続ける梅雨《つゆ》の日だった。以都が明日町《あしたまち》こんぺいとう商店街で働き出してから、三か月が経とうとしている。

レンガ敷きの道をドクターマーチンの黒革のスリーホールシューズで踏みしめて歩き、商店街のなかほどを過ぎたところにある二階建ての灰色の建物の前で足を止めた。ツルマキ履物店、と二階の細長い三連窓の真下の看板には書かれていて、横に折り鶴のマークがちょこんとたたずんでいる。そのしたには、つけたしのように書かれた「沓《くつ》の修理承りマス」の文字。沓なんて漢字、最初はなんて読むのかわからなかった。

合い鍵《かぎ》をカーゴパンツのポケットから出して通用口を開ける。照明をつけ、木枠のガラス戸を開けて風を通し、サンダルや下駄を載せたワゴンを店先に出す。履物店という名ではあるが、商品はこのワゴンの中身と、あとはいつからあるのかわからないような婦人靴や紳士靴や子どもの運動靴を申し訳程度に店内に並べているぐらいだ。めったに売れることはないが店主は気にするようすもない。なにせ、ツルマキ履物店のメインは「つけたし」のほうの靴修理なのだから。

以都はヘアゴムを手首から外し、もとはショートカットだったけれど最後に美容室に行ってから半年近く経過してすっかり伸びた襟足を無造作にまとめた。ガラス戸を二枚の雑巾《ぞうきん》を使い分けて磨《みが》き、箒《ほうき》で床を掃《は》き、受付の台を拭《ふ》く。今日が引き渡し日になっている靴の修理がすべて完了しているか、伝票と棚の靴をつきあわせて確認する。それが終わると、きのうストレッチャーに嵌《は》めておいたメンズのローファーのようすを見るため、エプロンに首を通しながら店の奥の作業場に向かった。小指のつけねが当たるので横幅を広げてほしいとの依頼だ。ストレッチャーをゆるめてローファーを取り外し、拡張具合を確かめていると背後に気配を感じた。

振り向くと、小柄な老人が立っている。白髪にまばらに黒い毛がまじった頭、八角形の金縁眼鏡《きんぶちめがね》、白い開襟《かいきん》シャツに黒い帆布のエプロン、ベージュのパンツ。店主の鶴巻《つるまき》勲《いさお》だ。

「あ、おはようございます」

以都が挨拶《あいさつ》すると鶴巻勲は「ん」と言って軽く顎《あご》を引いた。

「それはあと半日かかるから」

一瞬なんのことだかわからなかったが、すぐにローファーのことだと気付いた。ふたたび木製のストレッチャーにセットしてレバーをまわし、革をぴんと張る。

「違う」

鶴巻勲はそう呟《つぶや》くと以都の手からストレッチャーを奪った。レバーをまわしてゆるめて靴を取り外し、セットし直す。目の前で見ていても、以都は自分のやりかたとどう違うのかわからない。——違うって、どこがですか？　そう訊《たず》ねたかったが、彼とのあいだに見えない磨《す》りガラスが存在しているような気がして言葉を呑《の》み込んだ。


十時に店を開き、三十分ほど経ったころに本日最初のお客さんがやってきた。

「これなんですけど」と二十代半ばとおぼしき女性が紙袋から出したのはベージュのオープントゥのパンプスだ。ピンヒールがすり減り、金属が覗《のぞ》いている。

「ここまで削れていたら、歩くたびにカンカン音が鳴ってうるさかろうに」

鶴巻勲はヒールを一瞥《いちべつ》すると、くちびるを歪《ゆが》めて言い放った。

横で聞いていた以都はぎょっとしてお客さんの顔を盗み見る。案の定、顔がこわばっている。以都は笑顔をつくって金額と修理にかかる日数を告げた。

「それ、やっておくように」

お客さんが去ったあと、鶴巻勲は顎でパンプスを指した。はい、と返事をし、靴を持って奥の作業場へ向かう。

ピンヒールのゴムの交換はここに来て最初に習った。以都が唯一任されている作業だ。ペンチで踵《かかと》のゴムを挟み、手首を返すようにして外す。金属のピンが靴に残るのでそれもペンチで引き抜く。つぎに台金という作業時に靴を固定するための道具に、靴底が上を向くように嵌める。踵に新しいゴムをあてがい、ハンマーでピンを打ち込む。フィニッシャーという電動やすりのような働きをする大きな機械でゴムの踵からはみ出ている部分を削って整えたら、修理は完了だ。鶴巻勲はフィニッシャーを使わずに革切り包丁ひとつで仕上げるが、以都は到底その域には行けそうにない。

フィニッシャーから飛び散った黒い粉で汚れている手をエプロンで拭《ぬぐ》って受付に戻ろうとすると、また女性のお客さんが来たところだった。その顔を憶えていた以都は、棚に並んでいる修理済みの靴から傷ひとつないつややかなブーツを取り出す。南フランス生まれのブーツメーカー、サルトルの乗馬ブーツ。「世界で最もうつくしいジョッキーブーツ」という売り文句とともに紹介されることも多い。履く前に靴底を補強してほしいとのことだったので、前面にハーフソールを貼り、踵にゴムを取りつけた。さらにサービスとしてていねいに磨いてある。

「こちらですね」ブーツをかざして見せると、そのお客さんはぱっと華やいだ顔になった。

「サルトルのブーツ、ずっと憧《あこが》れていて、でも高くて手が出なかったんですけど、三十歳になった記念に思いきって買ったんです」

「保管のときはブーツキーパーを入れて、こまめにオイルやクリームで栄養を与えてやりなさい。皮革製品は動物の革をなめしたものだから、歳月が経つうちにどうしたって劣化していく。ほら、私の肌と同じだ。こんな老いぼれみたいにならないように、傷んだらすぐに持ってくるように」

横から鶴巻勲が口を挟んだ。相変わらず愛想に欠ける声音だが、その内容はさっきのお客さんに対するものとはまるで違う。私はこんなに長く話しかけてもらったことなんてないな、ととなりで以都は思い、軽くくちびるを嚙《か》んだ。

「はい、また来ます」

そう言って笑ったお客さんの鼻すじにくしゃっと皺《しわ》がよって、隙《すき》のない化粧を施した顔が親しみやすい雰囲気に変わる。——あ、だれかに似てる、と思った。

「またお越しくださいませ」と見送ったあと、そうだ、従姉《いとこ》の緑《みどり》お姉ちゃんに似てるんだと気付いた。

以都にとって子ども時代の夏休みのいちばん印象的な思い出は、神社の夏祭りでも花火大会でも海水浴でもない。お盆の日の玄関だ。生まれ育った家はさくらんぼ農家で、毎年お盆になると大勢の親戚が集まって宴会が開かれた。普段、農作業用の長靴と以都の運動靴が置いてある玄関は、この日だけ大小さまざまの靴であふれる。大人の、子どもの、男のひとの、女のひとの。

ひときわ目を惹くのは緑お姉ちゃんの靴だ。都会で暮らしている緑お姉ちゃんはいつも、以都が見たことのないような靴を履いてきた。色とりどりのビーズが縫いつけてあるサンダル、つやつやと光るエナメルのバレエシューズ、なぜそれで歩けるのかわからない華奢《きゃしゃ》な十二センチヒールパンプス、花魁《おいらん》のぽっくりみたいな厚底靴、とげとげの鋲《びょう》が打ち込まれているラバーソール。

あれは中学に上がるか上がらないかぐらいのころだろうか。居間で酔って騒ぐ大人たちを尻目に、玄関にしゃがみ込んで靴を観察していると、当時大学生だった緑お姉ちゃんが缶ビールを片手にとなりに座った。

「以都ちゃんも大きくなったらこういう靴を履けるようになるよ」

そう言って緑お姉ちゃんは自分のウェッジソールの編み上げサンダルを指して鼻に皺を寄せて笑ったが、以都にはぴんとこなかった。きれいな大人の靴を履く自分を想像しても、胸はまったく高鳴らない。だけど素敵な靴を履いた女のひとと親しくするところを思い描くと、そわそわと落ち着かない気持ちになった。――思えばそれが自身を知る最初のきっかけだった気がする。

鶴巻勲とふたりきりに戻った店内はしんと静かだ。古びた柱時計のこちこちという振り子の音がやけに大きく聞こえる。以都がものごころついたころには、祖父はふたりともすでに故人だったため、おじいさんという生物と接する機会はほとんどなかった。近づくとほんのり香る古本みたいなにおいも嗅《か》ぎ慣れないし、深い皺の刻まれた額のなかでなにを考えているのかなんてまるで想像もつかない。

「将来靴修理で独り立ちしたいなら、ぜったいにあのひとのもとで勉強すべきだから」

そう力説してツルマキ履物店を紹介してくれたのは専門学校時代の恩師だ。

シューズデザインを学びたくて入った学校だった。だが、西洋服装史や素材論などの座学の授業中、テキストで隠して革細工の小物をつくったり、机のしたで刺繍《ししゅう》をしたり、休み時間に一心不乱にデザイン画を描いたりしているクラスメイトたちを見て、自分はつくり手側の人間ではないことを悟った。制御できないほどの創作意欲の奔流《ほんりゅう》やつくることで得られる陶酔は、以都には無縁のものだった。

悩んだすえ、靴とお客さんを繋《つな》ぐ仕事に就こうと思い、流通を学ぶ専門課程に進んだ。卒業後は靴の小売チェーンに就職し、店舗の販売員として勤務したが、じきにこれが自分のやりたかったことなのだろうかと悩みはじめた。

「いまの仕事はなんか違うって感じてるんです」

就職して一年が経ち、久しぶりに母校をおとずれた以都は、恩師に相談を持ちかけた。

「うちで売ってるのは飽きたり履き潰したら捨てる靴です。お客さんはだれも特別な一足なんて求めていない。だからといって、高級店で働きたいっていうのとも違っていて――」

喋《しゃべ》るのがあまり得意ではないけれど、自分の気持ちを伝えようと言葉をさがした。

「なんていえばいいんだろう、私は持ち主に大切にされている靴が好きなんです。……足に馴染んでそのひとをどこまでも連れて行ってくれる、そんな靴が」

思案顔で話を聞いていた恩師は、組んでいた脚をほどいて口を開いた。

「だったら、靴修理はどう？」

「靴修理？」

その言葉が頭に染みてくるにつれ、なんでそれを思いつかなかったんだろうと喜びが胸にあふれた。そのときの感情の高ぶりはいまも鮮やかに憶えている――だけど。

柱時計の時打ちの音が店内に響いて、以都は物思いから呼び覚まされた。声に出さずにため息を吐き、「ちょっと奥の整理、してきますね」と告げて鶴巻勲から離れた。

浅草《あさくさ》に近い明日町から八王子《はちおうじ》のアパートまでは一時間半ほどかかる。ドアを開け、ただいまー、とだれもいない部屋に声をかけた。玄関で腰を屈め、スリーホールシューズの紐をゆるめていると、どうしたって真っ赤なパンプスが目に入ってしまう。右足のみ、しかもヒールが根もとから折れているそのハイヒールパンプスは、以都がぜったいに履かない種類の靴だ。――エリさん、と呟いた自分の声が思いのほか熱っぽくて狼狽《ろうばい》した。

上がり框《がまち》にしゃがみ込み、膝に顔を埋める。ぎゅっと眼を瞑《つむ》ると、まなうらにピンクや紫や緑の眩《まばゆ》い照明が甦《よみがえ》った。物音ひとつしない独りの部屋に、耳をつんざく大音量の音楽が聞こえてくる。

――遠くに見えるステージでは、見ているほうが赤面してしまうような色っぽい衣《い》裳《しょう》に身を包んだダンサーが笑顔を振りまいて身をくねらせていた。ＤＪブースに立つピンクの髪のＤＪは、ドーナツのかたちをしたヘッドホンを押さえながら自分の流す音楽に浸っている。フロアの後方で所在なく立ち尽くしている以都の手のなかで、コロナビールの瓶がぬくまっていく。

インターネットで存在を知り、数か月迷ったすえに勇気を振り絞って参加したクラブイベントだった。女性が好きな女性のための、と銘打たれたパーティ。男性アイドルグループにいそうな長身の美形の子が、長い巻き髪を片側に流して大きく開いたVネックのニットを着たお姉さんをナンパしている。その斜め前では二十歳そこそことおぼしきカップルがじゃれあうようにキスをしている。ソファではグループで来た子たちが笑いながら音楽に合わせてからだを揺らしていた。声がかき消されてしまうので、だれもかれも触れそうなほど顔を近づけて喋っている。

どこを見ればいいのかわからなくて、自分のつまさきに視線を落とした。これってあれに似ている。高校の文化祭のあとに開かれる後夜祭でのフォークダンス、好きなひとの名前をさぐりあう中学の修学旅行の夜、恋愛話に花を咲かせるクラスメイトの会話が聞こえないように音楽プレーヤーのイヤホンを耳に突っ込む休み時間――。

ここに来れば同じ経験をしてきた仲間と出会えると思っていた。それなのに疎外感を味わうなんて。いきなり恋人までは望まないけれど、友だちができれば、と淡い期待を抱いていた自分がみじめでたまらない。

前で踊っていた女性がよろけ、彼女の持っていたドリンクがこぼれて以都のギンガムチェックのシャツが濡れた。来たばかりだけどもう帰ろう。そばにあったバーテーブルにほとんど中身が減っていないビール瓶を置き、うつむいたまま出口へ歩き出したそのとき。入り乱れている足の群れのなかに、赤く光るものが見えた。かろやかにステップを踏む赤いエナメルのハイヒール。——あ、きれいな靴。視線が吸い寄せられる。赤い華奢でセクシーな靴は、きゅっと引き締まった足首と細いが筋肉が発達しているふくらはぎにとてもよく似合っている。

視線を上げていく。闇《やみ》に浮かび上がる白い太腿《ふともも》に扇情的にまとわりつく、黒いシフォン素材のスカート。タンクトップにたっぷりと縫いつけられている金色のスパンコールが眼を射貫く。ゆたかなロングヘアがふわふわと舞っている。

リズム感なんてまるでない、でたらめなダンスだった。だけどいまこのフロアにいるだれよりも愉しそうだ。輝いている。太陽に引き寄せられてぐるぐるとまわる惑星のように、その女性から目を離せなくなった。彼女はどうやら独りらしいが、気後れや物怖じとは無縁だった。疎外感からいたたまれない気持ちになっていた自分が矮小《わいしょう》な人間に思えてくる。

彼女の足がふらついた。あっ、と思わず以都の口から声が出る。着地した右足がぐにやりと曲がり、ヒールが歪んで根もとから折れるのをスローモーションで見た。

踊るのをやめた彼女は赤い靴を脱いで指に引っかけ、ひょこひょこと歩いてフロアの隅へ進む。以都のすぐそばの壁にもたれかかり、嘆息した。

「あ、あの、その靴――」

以都は勇気を振り絞って声をかけた。心臓がばくばくと騒いでいる。

「ああ、ヒールが折れちゃったの」

女性は顔を上げ、かたちのよいくちびるから白い歯を覗かせて苦笑した。

「私、それ直せます」

「ほんと?」

大輪の花が咲くように、女性の顔がぱっと明るくなる。ピンクのレーザーライトがふたりを射て、音楽がひときわ大きくなった。

彼女に手を引かれてクラブの外に出て、タクシーをさがした。夜の車道を流れるヘッドランプやテールランプ、火照《ほて》った肌を撫《な》でる夜風。

「あたし、エリ。あなたは?」

「以都です」

「イトちゃん? 変わった名前だね」

タクシーに乗り込むと、エリは中目黒《なかめぐろ》の住所を告げた。

「よく来るの？　あのイベント」

「いえ、はじめてです」

エリは以都の前髪を指さきですくい上げた。黒いアイラインが引かれたつややかな奥二重の眼にじっと見つめられ、息が止まる。

「若いね。肌がきれい。はたちぐらい？」

「二十三です」

「女の子とつきあったことは？」

「ないです」

「じゃあ男の子は？」

「それもないです」

「じゃあこれがファーストキス？」

エリの声は途中でくぐもり、かすかな水音に溶けた。くちびるに押しつけられた、やわらかく湿ったもの。甘い香水の香りの奥に、ほのかに汗のにおいを感じた。

そこからさきの記憶はとぎれとぎれになっている。モノトーンのインテリアでまとめられたエリのマンションの部屋で、三人掛けのソファにやわらかく押し倒され、うえから覆いかぶさるようにキスされた。とっさにくちびるをかたく閉じたが、力が抜けていく。熱い舌が以都のくちびるを舐《な》め、口内に侵入した。自分の心臓の音が耳の奥で響いている。エリの指が以都のシャツのボタンを外していく。短く切り揃《そろ》えられた爪には、靴と同じ真っ赤なネイルカラーが塗られていた。耳朶《じだ》をくちびるで挟まれ、首すじを舐められる。下着ごしに胸の先端を摘まれて、びくんと跳ねた。

「触られるのは嫌い？」

「や……よくわかんない、です……」

「そっか、まだ自分のこともわかってないんだ。いっぱい勉強させてあげる」

エリのきゅっと細められた眼差《まなざ》しの妖艶《ようえん》さに、背すじがぞくぞく震えた。

「好きに触っていいよ」

エリはそう囁《ささや》くと以都の手を取り、自分の胸へと導く。震える手でタンクトップをめくり上げると、高級そうな黒い総レースのブラジャーがすがたをあらわした。白くゆたかな乳房が窮屈そうに収まっている。ごくん、と唾《つば》を呑み込む音が思いのほか大きくて、以都は羞恥《しゅうち》で頬《ほお》を赤くした。

「遠慮しなくていいから」

甘い声で耳打ちされると、頭がかあっと熱くなり、視界が歪んだ。ブラジャーをずり下ろし、こぼれ出た乳房に指を食い込ませる。どこまでもやわらかくてとらえどころのない肉を無我夢中で揉《も》んだ。エリの息遣いが荒くなっている気がするが、自分の呼吸音かもしれない。

「あたしにも触らせて」

エリの華奢な指がハーフパンツに伸びて、ボタンを外した。ファスナーが下ろされる。指が下着に侵入したそのとき、以都は腕を突っ張ってエリのからだを押し戻していた。

「……どうしたの？」背を向けてからだを波打たせている以都に、エリは問いかける。

「もう帰ります、終電なくなるから」

震える指で自分のハーフパンツのファスナーとボタンをもとに戻し、シャツのボタンを嵌めながら答えた。

「泊まっていきなよ」

「明日、仕事早いんで」床に落ちていたトートバッグを拾い上げ、玄関へ向かう。

「あ、靴は？　直してくれないの？」

以都は玄関で立ち止まり、ヒールが取れかかっている右足の靴をトートバッグにねじ込んだ。

「直したら持ってきます」

ばたん、と後ろ手に閉めたドアの音がやけに大きく響いた。

あれからもう一か月以上経っている。けれど靴は壊れたままだ。――あの夜、怖じ気づいて逃げ帰った自分を、エリさんはもういちど受け入れてくれるだろうか。そもそも私のことを憶えているんだろうか。こんぺいとう商店街の「あったか弁当・おまち堂」で買った生姜《しょうが》焼き弁当をひとり用のちいさな折りたたみテーブルに置き、以都は頬杖をついてカーテンの隙間から覗く暗い空を見た。


「かなり前に預けた靴なんですけど、まだありますか」

閉店時間の間際、スーツを着た三十代半ばとおぼしき男性が、破れかかった皺だらけの預かり証を差し出した。お預け日は二〇〇八年六月三日。修理の内容は紳士靴のオールソールとインソールの交換と書いてある。

「死んだ父の遺品を整理していたら、鞄の底から出てきたんです。ここ数年はずっと闘病していたんですが、たぶん病気になる前、元気だったころに修理に出してたみたいで」

ツルマキ履物店では持ち主が取りに来ない靴も、よほどの例外を除いて保管してある。

いまの時期は「衣替えをしてジャケットのポケットから預かり証が出てきて思い出した」というお客さんがときどきやってくるし、「急に転勤が決まって引っ越したので店に来るタイミングを逃してしまった」と数年前に預けた靴を引き取りに来たお客さんもいた。だが遺品というパターンは以都にとってはじめてだ。

「あると思います。少々お待ちください」

預かって三か月以内の靴は受付の後ろの棚に、それよりも前のものは納戸にしまってある。作業場を通り抜けてその奥にある納戸に入った。納戸の壁面には天井近くまで作り付けの棚があり、靴が整然と並んでいる。革やゴムのにおいがむんとたちこめる狭い空間で、数えきれないほどの靴が持ち主を待っていた。ブーツ、バレエシューズ、登山靴、サンダル、デッキシューズ、スリッポン。ジュエルバックルがきらびやかなマノロブラニクのパンプスを発見して、思わず手が伸びる。この靴の持ち主はどんなひとなんだろう。笑うと目尻や口もとに魅力的な皺が刻まれる四十代の華やかな女性を思い浮かべてみる。そのとなりの登山靴、この靴は持ち主といっしょにどんな山を登ったんだろう。

最上段に目をやったとたん、心臓がずきんと痛んだ。赤いハイヒール。一瞬、アパートの玄関にあるエリの靴の幻影を見たのかと思った。いったん眼を逸《そ》らし、再度見て、当たり前だがべつの靴だと理解する。手を伸ばすが届かない。納戸の隅に置いてある踏み台を運ぼうと屈んだそのとき、金属質の澄んだ音が受付のほうから聞こえた。なかなか戻ってこない以都に業を煮やした鶴巻勲が呼び鈴を鳴らしたに違いない。あわてて手のなかの預かり証の番号を確認し、紳士靴を棚から出して受付へ戻った。

「こちらでよろしいですか」靴を台に載せる。エレガントな黒革のストレートチップだ。お客さんの顔がやわらかくほころんだ。手を伸ばし、いとおしそうに靴に触れる。

「たぶん合ってると思います。父が好きそうな靴なので」

横でじっと靴を見つめていた鶴巻勲が口を開く。

「それはイタリア製のとても良い靴だ。履き込んであるが、よく手入れされている」

「そうみたいですね。父は着道楽で、とくに靴にはこだわりがあったんです」

「あなたのサイズは？」

「父と同じです」

「それなら履いておやりなさい。靴も故人も喜ぶ」

「はい、そうします」

そのお客さんが帰ると店じまいの時間になった。店先のワゴンをしまい、木枠のガラス戸を閉めて鍵をかける。作業場へ行き、引き渡しの日が近い靴の修理に取りかかった。

以都はいつものヒールゴムの交換、鶴巻勲はブーツのファスナーの交換。作業場でふたり、たんたんと手を動かしている。横目で鶴巻勲の仕事ぶりを盗み見た。ファスナーの務歯《むし》が欠落しているので、縫い目をほどいてファスナーを取り外し、新しいものに取り替える作業の最中だ。ミシンで縫うと針穴がさらに増えてしまうため、もとの縫い目の穴を拾ってひと針ひと針手縫いで仕上げている。

最後のひと針を刺し終わり、糸の処理を終えた鶴巻勲は、ふう、と大きく息を吐いて老眼鏡を額に上げ、眉間を指で揉む。エプロンを脱いで壁のフックに掛けながら「戸締まりを忘れずに」と以都に告げた。

お疲れさまでした、と作業場から出て行く彼の背に向かって声をかけるが返事はない。階段を上る足音が頭上で響き、やがて途絶えた。以都は作業場の天井を見上げてしばらく耳を澄ませていた。店の二階は鶴巻勲の居住空間になっている。一日の仕事を終えた彼はなにをするのだろう。夕飯は自分でつくるのだろうか。テレビは観るのだろうか。友人や家族など、だれかが訪ねてくることはあるのだろうか。作業場の掃除をしながら鶴巻勲の暮らしを想像しようと試みたが、なにも思い浮かばなかった。

エプロンを脱ぎ、帆布のトートバッグを肩に掛けて帰ろうとしたそのとき、かたん、と物音が聞こえた。二階からではなく、納戸へと続く扉の向こうから。びくりと肩を震わせて扉を見る。赤い靴。あの靴が呼んでいる気がした。

扉を薄く開けてみる。静かに身を滑り込ませた。ぎっしりと納戸の棚に詰め込まれた靴は、巣穴で眠る小動物のよう。いまにも呼吸音が聞こえてきそうだ。踏み台を運んで乗り、軽く踵を浮かせると、ようやく天井すれすれの最上段にある赤い靴に手が届いた。そっと手に持って踏み台から降りる。

ずいぶん年季の入った靴だった。ただ履き古されているというわけではなく、ヴィンテージものだろうと推測する。ヒールの高さは六センチぐらいで、つまさきは丸みを帯びている。プレーンなかたちのパンプスで、どの年代の品なのかをさぐるヒントとなる意匠《いしょう》はない。もとの場所に戻そうとして、棚の奥になにかがあることに気付いた。手を伸ばし、引っ張り出してみる。——大学ノート。どこにでも売っている馴染み深いノートだ。表紙にはなにも書かれていない。以都はなんの気なしに表紙を開いた。


『三月十日はなんの日か、といまの若い世代に問うたら、東日本大震災の前日だと答えるに違いない。だが私には東京大空襲の日として、こんな年寄りになったいまも深く記憶に刻まれている。昭和二十年の三月十日。私は浅草寺《せんそうじ》の近くで生まれ育った国民学校初等科の三年生で、当時、福島の旅館に学童疎開していた』

以都ははっと顔を上げて、とっさにノートを閉じた。日記？　手紙？　それとも自伝？　このさきどんなことが書いてあるのかはわからないけれど、勝手に読んじゃいけない気がする。とても個人的な、うかつに立ち入ってはいけない部分。いったんノートを棚に戻しかけた。だが、好奇心が胸の内側でばさばさと翼を広げ、呼吸が速くなっていく。

明日の朝早くにこっそりもとの場所に戻しておけばいい。そう自分に言い聞かせ、ノートを肩から下げているトートバッグに滑り込ませた。

ツルマキ履物店をあとにする。商店街を抜けて明日町駅から電車に乗り、新宿《しんじゅく》駅で中央線に乗り換えたときに運良く座れたので、バッグからノートを取り出して開いた。崩し字がまじった達筆でみっちり書かれているので、ところどころ読めない箇所があったが、顔を上げることなく一心不乱に読みふけった。いつもは長く感じる八王子への道のりがあっというまで、あやうく乗り過ごしそうになる。ドアが閉まる直前であわててホームに飛び降りた。ホームのベンチに座って残りを読み終え、ノートを閉じる。長く息を吐いて眼を閉じると、見たことのない焼け野原の東京がまならうらに浮かんだ。

――シューシャイン！　シューシャイン！

十歳になったばかりの幼い勲の声が、以都の耳の奥で聞こえる。

「シューシャイン！　靴を磨かせてください！」

勲はブラシを木箱に打ちつけて音を鳴らしながら、進駐軍の兵士に向かって聞きかじりの英語で呼びかけていた。木箱の中身は近くの闇市《やみいち》で手に入れた靴墨や、無賃乗車した汽車の座席から切り取った羅紗《らしゃ》の布などの道具だ。西郷隆盛《さいごうたかもり》と犬の像に見下ろされながら同じ境遇の仲間たちと地べたに座り込んでいる。不忍口《しのばずぐち》から出てきた通行人に声をかけ、ときには袖《そで》を強引に引っ張って商売していた。顔に靴墨を塗って哀れさにいっそう磨きをかけているのが勲なりの工夫だった。風呂なんて東京に戻ってからいちども入っていないし垢《あか》と虱《しらみ》だらけだから、そんなことをしなくても充分汚れているのだけれど。同情したアメリカ兵や裕福な日本人が革靴を履いた足を差し出す。勲はそれを一心不乱に磨いた。

煮えたぎるように暑かった終戦の夏が終わり、季節は秋から冬へと移りつつあった。陽が暮れると勲たちは上野《うえの》駅の地下道に戻る。朝晩めっきり冷え込むようになったが、地下道は人いきれでむっとしていた。

戦争が終わり、疎開先から汽車で東京に戻った勲を出迎える者はひとりもいなかった。

家があったあたりは三月の大空襲で焼失していて、どこが自分の家だったのかすらわからなかった。家族はいったいどこへ行ってしまったのだろう。あてもなく歩きまわっているうちに上野駅へ戻っていた。焼け残った上野駅には多くの孤児が住み着いていて、自然と勲もそこにまじって暮らすようになった。

夜が来ると地下道の階段のうえで寝て、朝が来ると外に出て靴磨きで日銭を稼ぐ。夜が明けて陽が高くなっても二度と目覚めない子どもも毎日のようにいた。顔見知りの子どもがつめたい屍《しかばね》になっているのを目の当《ま》たりにすると、つぎは自分かもしれないと肝が冷えた。だが同情するほどの余裕はなかった。

その日もいつものように路上でブラシを木箱に打ちつけて声を張り上げていた。そろそろ商売を切り上げて帰ろうかと考えていたとき、真っ赤なハイヒールが立ちはだかった。

「坊や、あたしの靴を磨いてくれる?」

視界で水玉模様の長いスカートの裾《すそ》が揺れた。顔を上げると、白いブラウスと鮮やかな緑色のネッカチーフが眼に飛び込んでくる。真っ赤な紅をひいたくちびるに洋モクを挟んでいる女が、パーマネントをあてた髪を耳にかけながら勲を見下ろしていた。

「聞こえなかった?　靴を磨いて」

くちびるから煙草《たばこ》を離して女は言った。大人びた外見と態度に似合わない、舌足らずな甘えた声音。

「あ、はい」あわてて返事をした勲は這《は》いつくばって女の赤い靴にブラシをかける。埃《ほこり》を落としてから丹念に布で磨いた。靴墨は黒しか持っていないので使わない。

「ありがと。上手ね」

女は光沢を取り戻した靴を見て、ほくろのある目もとを細めた。靴と同じく赤いハンドバッグから気前よく十円札を取り出し、勲の手に押しつける。やわらかい手のひらに握られて、勲は自分の手の汚さを羞《は》じた。

「これもあげるわ」と板状の外国のチョコレートを渡される。「またね」女は赤いくちびるをきゅっと引き上げて笑むと、かつかつというハイヒールの音を響かせて去っていった。触れた手のぬくもりはいつまでも残り、その夜、勲は久しぶりに母や姉の夢を見た。

女はそれからたびたび勲のもとに来るようになった。

「名前? ケリーって呼んで。みんなそう呼んでるから。ほんとうの名前は捨てたの」靴を磨かせながら、ラッキーストライクをくゆらせてうそぶいた。

軍服を着た大柄なアメリカ兵にしなだれかかるようにして来ることもあった。アメリカ兵はいつも同じ男だった。首に薄絹を小粋に巻いた、歯の白い男。――オンリーさん、という言葉を勲は大人たちの会話から知った。街頭に立って客を捕まえるパンパンとは違い、特定の外国人兵士の情婦である女。

「ロブ、あんたも磨いてもらいなさいよ。あんたたちの国のせいでこの子らは苦労してんだから」

日本語がどれだけ通じているのかはわからないが、ロブと呼ばれた男がケリーに小突かれて革靴を履いた足を差し出す。いままで磨いたどの靴よりも大きいその靴を磨いたそのとき、勲は戦争が終わってからはじめて腹の底が燃えるような屈辱を感じた。

東京にその冬はじめての雪が降ったころ、初老の日本人男性の靴を磨いた。

「いい腕をしている。器用で熱心で、筋がいい」

男は勲が磨き終えた靴をためつすがめつ眺めて呟いた。

「地下道は寒いだろう。うちに来ないか。明日町の履物屋だ」

男の言うとおり、骨の髄《ずい》まで冷え込む日が続いていた。歯が震えて眠れない夜もあった。地下道では凍死者が何人も出ていた。廃材を持ち込んで焚《た》き火をしている者もいたが、そのまわりを大勢が取り囲んでいて、やすやすとは近づけなかった。

嬉《うれ》しい申し出のはずなのに勲は即答できなかった。頭に浮かんでいたのは、ケリーの赤いハイヒールだ。黙っていると、男は「また来るよ。考えておいてくれ」と告げて金を置いて帰っていった。

　ケリーの赤いハイヒール。舶来《はくらい》ものらしいその靴を磨いているときだけ、勲は空腹からも寂しさからも解き放たれた。

「いつまで靴磨きを続けるつもり？　スリやたかりをやったりヤクザの手下になったりしてる子も多いし、ずっと路上にいると、あんたみたいな良い子だって悪に染まっちまうよ。あたしみたいに道を外れる前に、孤児院にでも入ったほうがいい」

　あたたかそうなオーバーを着たケリーは、そう言って靴を磨く勲の虱だらけの頭を撫でる。闇市が賑《にぎ》わうにつれ、この周辺には柄の悪い人間が目立つようになっていた。ヒロポン中毒者が奇声を上げながらうろついていることもある。

「孤児院は厭《いや》だ」

　狩り込みといって、警察が駅に住む孤児たちを一網打尽にしてトラックの荷台に詰め込み、孤児院や感化院に送り込む政策がおこなわれていた。孤児院から逃げ出してきた仲間が言うには、朝から晩まで畑仕事をさせられ、職員に殴られ、ろくな食事は与えられず、地下道で気ままに暮らすほうがはるかにましだという話だった。勲もいちど捕まったことがあったが、トラックが停車している隙に荷台から逃げ出した。

「頑固な子だね」と言ってケリーはまた勲の頭を撫でる。

履物屋の男はたびたび勲の前にすがたをあらわすようになり、根負けした勲は明日町にあるツルマキ履物店を手伝いはじめた。切れた鼻緒のすげ替え、草履《ぞうり》の裏革の張り直し。半年ぶりに風呂に入り、畳に敷いた布団で寝たときには心地よさで涙が出た。店主に家族はいなかった。だが家にはほかの人間が暮らしていた痕跡《こんせき》があった。数の多いご飯茶碗《ちゃわん》だとか、箪笥《たんす》の奥の子どもの着物だとか。家族は戦地や空襲で死んだのかもしれないと勲は想像した。明日町は奇跡的に戦火を逃れていて、変わらない町並みを見ていると疎開から戻ったあとのできごとはすべて悪い夢だったように思える。

ツルマキ履物店でひと晩を過ごして上野に戻ってきた勲は、ケリーに声をかけられた。

「きのうもここに来たのにいなかったじゃない。どこに行ってたの」

「明日町のほうで履物屋の手伝いをしてるんだ」

「履物屋の手伝い?」

「うん。靴の修理を教えてもらってる」

「だったらこの靴で勉強しなさい」ケリーは赤いハイヒールを脱ぐ。「ずっと履いてるからかなりボロになっちまった。これを新品みたいにきれいにできたら、返しにおいで。それまでは上野から離れて精進するんだよ」

勲は差し出されたハイヒールを受け取った。ケリーはストッキングが汚れるのも地面のつめたさも気にせずに、かろやかに歩いて去っていった。

勲はケリーの言いつけを守った。地下道の仲間たちとつるむのをやめ、寸暇を惜しんで靴修理を学んだ。新しい技術を習得するたび、ケリーの靴で試した。これ以上うつくしく仕上げるのは自分には無理だ、と思えたときには終戦から二度めの冬を迎えていた。靴を渡すため久しぶりに上野に出向いたが、心当たりのある場所をいくらまわってもケリーのすがたは見つからなかった。知り合いに片っ端《ぱし》からあたって、ようやくケリーが暮らしているという下宿に辿《たど》り着いた。

「ケリー？　ああセツ子かい。ここにはもういないよ。もう何か月も前に出て行った」

下宿の主人である老女はうろんげな視線を勲に向けて、煙草の煙《けむり》を盛大に鼻から吐く。

「いまはどこにいるんですか」

「アメリカだよ。あの子のいいひとがアメリカに帰るから、ついていった」

下宿を出た勲は、ふらふらと力の入らない足取りで明日町に戻った。ツルマキ履物店の敷居をまたぐと、いきなり店主に抱きしめられた。

「役場に行って養子の届けを出してきた。今日から正式にうちの息子だ」

鶴巻勲の少年時代を知った昂奮《こうふん》からなかなか寝つけず、明けがたになってようやく眠りに落ちた以都は寝坊してしまった。駅から商店街を駆け抜けて店に入り、納戸の棚にノートを戻す。ただの大学ノートなのにずっしりと重たく感じた。作業場に戻るとちょうど鶴巻勲が二階から降りてきたところだった。以都は「おはようございます」と挨拶しながらついまじまじと見てしまう。皺だらけの白茶けた顔に、焼け野原にたたずむ少年の面影をさがそうとした。

昼どき、弁当を買いに商店街内の「あったか弁当・おまち堂」に向かった。ハンバーグ弁当にするか、それともサバ味噌弁当にするか。列に並んで考えていると、前に立っていたおばあさんが振り向いた。

「あら、ツルマキ履物店の子じゃない」親しみに満ちた笑顔になり、ぱたぱたと以都の肩を叩く。

「花井《はない》さん。いつもお世話になっております」

花井さんはツルマキ履物店の常連客である。といっても靴を買ったり修理を頼んだりするより、通りすがりに立ち寄って一方的に長話をしていくことのほうが圧倒的に多い。

「若い子が気難しいじいさんの相手なんて苦痛でしょ」

「いえ、そんなこと」

「いいのよ、気を遣わなくて。勲ちゃんは子どもの時分はおとなしいかわいい子だったんだけどね、すっかり偏屈じじいになっちゃって。年を取るってやあね」

「子どものころからのお知り合いなんですか」

「幼馴染みなのよ、私たち。伊《い》藤《とう》米店の梅子《うめこ》ちゃんや砂糖屋綿貫《わたぬき》の徳《とく》さんもね。徳さんは格好いい憧れのお兄さんでねえ。梅子ちゃんだっていまじゃ梅干しみたいだけど百合《ゆり》の花みたいなべっぴんさんだったんだから」

以都は違和感を覚えて花井さんの顔を見つめた。

「鶴巻さんって出身は明日町じゃないですよね？」

「勲ちゃんがおむつしてるころから知ってるけど、生まれたのも育ったのもここよ。あのころはまだこんぺいとう商店街なんて名前はついてなかったし、こんなレンガ敷きじゃなかったけど」

「生まれたのは浅草のほうで、養子だって話を聞いたんですけど」

「なにその話。だれに聞いたの？」

「えっと、だれだったっけ――」ノートを盗み見たとは言えない。「……たぶん本人から」苦しまぎれにそう答えたとたん、しまったと汗が吹き出した。もしも花井さんが店に来て鶴巻勲にこの話を振ったらまずい。

「勲ちゃんがそんなこと言ってたの？」

「いや、私の勘違いだったような気がしてきました……」

花井さんは遠くを見るような顔をして少し黙り込んでから、口を開いた。

「勲ちゃんには妹や弟がたくさんいてね、子どものころはいつも即興でつくったお話を語り聞かせていたわ。空想家だったのね。養子うんぬんの話も、なんとなく考えたお話が歳月を経て膨らんで、いつのまにかそっちがほんとうみたいに思えてきたんじゃないの。年を取ると記憶が混濁《こんだく》して、なにがほんとうだかわからなくなるものよ。勲ちゃんはまだそこまではもうろくしてないと思うけど。でも、ひとづきあいの悪いひとだから、現実よりも空想のほうが身近なのかもね」

「空想……」

啞然《あぜん》としているうちに、花井さんの注文の順番が来て会話は終わった。

以都はハンバーグ弁当の袋を提げて、狐につままれた気分で店に戻った。受付にいる鶴巻勲に「奥で食事してきます」と告げて作業場に行く。弁当をテーブルに広げたが食べる気になれなくて蓋《ふた》を閉じた。嘆息して立ち上がり、納戸へ向かう。

棚の最上段にある赤い靴を見上げる。あれはたぶん、少年時代の思い出の靴なんかじゃなくて、ほかのたくさんの靴と同様にお客さんが引き取りに来ないまま放置されているだけなのだろう。ノートを勝手に見た自分が悪いとはいえ、騙《だま》された気分だった。見つめているうちに、自分のアパートの玄関にある赤い靴と重なっていく。エリの華やかな笑顔、甘い香り、やわらかなくちびるの感触。彼女を拒絶するように逃げ帰った臆病な自分は、ずっとこのままなのだろうか。

作り話で自身を慰める寂しい老人——。鶴巻勲のすがたが未来の自分に思えて、寒くもないのに身震いした。厭だ、と呟き立ち上がる。

以都はヒールが折れた真っ赤なエナメルのパンプスを作業場の台に載せた。花井さんから話を聞いた翌日、店を閉めた直後。正面には今日預かった紳士靴の修理に取りかかろうとしている鶴巻勲が座っている。

「この靴を直してほしいんです。新品みたいに完璧に」

靴を預かったときは自分でやるつもりだったが、未熟な自分の手で直すよりも鶴巻勲に頼んだほうがいい。

「だれの靴だ?」靴を一瞥した鶴巻勲は以都の顔を見る。

「それは……」と口ごもった。

「お前さんのじゃないだろう」

赤いハイヒールは以都が普段履いている靴とはあきらかにテイストが違う。

「はい、友人の——知人の靴です」

鶴巻勲は手に持っていた革切り包丁を台に置いた。エリの赤い靴を持ち上げ、眼鏡《めがね》の奥の眼を鋭く光らせる。だがすぐに首を振って突き返した。

「これは直したくない」

「なんでですか?」以都は思わず身を乗り出して食ってかかった。

「ほら、ここ。小指があたる部分」つまさきの右端をひとさし指でとんとんと指す。

「ここだけ革が伸びて無様《ぶざま》に傷んでいる。サイズが合っていないはずだ」

「サイズの調整はうちでもやってるじゃないですか」

「自分で持ってきたのなら、そりゃあ直すさ」

冷ややかな声音で言われて以都はくちびるを噛んだ。

「うちに靴を持ってくる客は、靴に愛着を持って長く履こうという気持ちを持っている。サイズすら合わないのにそのまま履き続けるような人間の靴は修理に値しない。おおかた通販で試し履きもせずに買ったんだろう。靴は直して履くものではなく傷んだら履き捨てるものだと思っている人間の靴をおせっかいで直したって、無駄なことだ」

エリを侮辱された怒りで血がたぎり、全身がかあっと熱くなる。

「わかりました。これは自分で直します」

憤然とした顔で靴を引き下げ、傷ついた小鳥をいだくように胸に抱き寄せる。帰ったらインターネットで靴修理店の求人をさがそうと決めていた。つぎは個人経営の店ではなくチェーン店にしよう。偏屈じじいの相手はもうこりごりだ。

鶴巻勲が二階に引き揚げたあと、エリの靴の修理に取りかかった。観察してみると、ヒールを留めていたネジが折れたのが原因のようだ。ヒールそのものが折れているわけではないのでかんたんに直せるだろう。とはいえ、サンプル靴で練習したことはあるもののまだ任されていない作業なので緊張する。

中敷きを剝《は》がして折れたネジを取り外し、新しいネジを打ち込む。さらに補強のため周囲にもドリルで穴を三つほど開けて、ネジでしっかりと留めた。前に練習したときはドリルが垂直ではなく斜めに入り、靴底に穴が開くという大失敗をしてしまったのだが、今回はうまくいった。

消耗しているヒールのゴムも交換したかったけれど、左足とのバランスが崩れるだろうからやめておく。靴をかたほうしか持ってこなかったことを後悔した。エナメルの表面についている傷も鶴巻勲ならある程度直せるけれど、以都はまだどうやればいいのか知らない。少しでもきれいに見せるため、念入りに磨いておく。

作業場を片付け、戸締まりをして店を出た。手には直したばかりの赤いハイヒールが入った紙袋を提げている。いつもとは違う電車に乗って中目黒で降りた。エリに連れられて来たときはタクシーだったし帰りは動転していたため場所はあいまいだったが、マンション名を憶えていたのでスマホの地図アプリを見ながら歩く。

難なくマンションに辿り着けたものの、部屋番号がわからないし、オートロックなので建物のなかに入れない。電話番号もメールアドレスも交換していないため、連絡を取る手段はなかった。室内にいるのだろうか、それともまだ帰ってきていないのだろうか。以都はエリがこれから帰ってくる可能性に賭けて、エントランス前の植え込みの囲いに腰を下ろして待つことにした。風は肌寒く、ちいさなくしゃみが出た。

二時間ほど経ち、待ちくたびれてうとうとしかけたころ、女性の明るい話し声が聞こえてはっと顔を上げた。声がするほうに視線を向けると、ふたりの女性が近づいてくる。なんだ別人か、といちどはうつむいたが、ふたりが目の前まで来たときに再度顔を確認して、女性のうちのひとりがエリだと気付いた。

「エリさん？」

半信半疑で呼びかけると、ふたりは同時に会話をやめて以都を見た。

「えっと……あっ、わかった、クラブで会った子？」エリは首を傾けて苦笑を浮かべながら言った。

　以都はこくんと頷く。

「名前は……思い出した、イトウちゃんだ。……あれ、違う？」

「違います、以都です」

　戸惑っているのはエリだけでなく以都も同じだった。これがあの、焦がれ続けたエリだろうか。きらきらとひかりをまき散らして踊っていた女性だろうか。心臓が止まりそうなほど甘やかに誘惑してきた女性だろうか。水色のアンサンブルニットにベージュのタイトスカートを合わせ、髪をヘアクリップでひとつに束ねているエリは、どこにでもいるOLさんにしか見えなかった。あの日あんなに震えた胸は嘘《うそ》のように凪《な》いでいる。「特別」も「運命」も感じない。

「クラブって、あなたまだそういうところに出入りしてるの？　卒業するって言ったじゃない」後ろにいた女性がエリをなじった。パンツスーツを着た、すらりとした女性だ。年齢はエリよりもさらにひとまわりぐらい年上だろう。

「ユカがひとりで帰省しちゃったときに、寂しくてつい」

「で、こんな初々しい子ナンパしたの？」

「部屋に上げてちょっと喋っただけだよ。なにもなかったってば」

痴話喧嘩《ちわげんか》に似たふたりの会話を遮るように、以都は紙袋を突き出した。

「靴、直しました。遅くなってすみません」

「そうだ、靴！　ありがとう！　あ、すごい、きれいに直ってる」

靴を取り出して顔をほころばせるエリを見て、少しだけ誇らしく嬉しい気持ちになる。

「じゃあ失礼します」と早口で告げ、駅の方向へ歩き出した。「ちょっと待って、上がってお茶でも飲んでいけば？」と声をかけられたが振り返らない。

呆然としたまま歩いていたが、駅に着くころには少しずつ頭が働きはじめた。エリってなんだったんだろう、と考える。鶴巻勲がノートに書いていた赤い靴のケリーみたいに、想像上の、実在しないひとだったんじゃないか。いや、確かについさっき会ったしちゃんと存在しているんだけど、でも私が恋い焦がれたエリとは別人だった。相手のことをなにも知らないのに、勝手に想いを膨らませて理想を重ねていた。こんな一方的な思い込み、恋ですらなかった。耳もとで囁くエリの声やくちびるの感触を想い浮かべようとしたけど、もはやうまく思い出せない。

駅の路線図を見上げて八王子までの帰りかたを思案していたが、ふと思いついて行き先を変えた。東京メトロを乗り継いで、明日町で降りる。この時間だとこんぺいとう商店街の店はどこも閉まっているだろうから、途中にあったコンビニで大福を買った。薄暗い商店街を歩き、ツルマキ履物店の鍵を開けて入る。靴を脱いで二階へと続く階段をはじめて上り、明かりがついている部屋の襖《ふすま》の前で足を止めた。

「鶴巻さん、小嶌です」

沈黙のあとで物音がして、襖が開いた。驚いた顔の鶴巻勲が立っている。

「お休みのところすみません」

「……まあ入りなさい」

以都は恐縮しながら敷居をまたいだ。部屋はぎっちりとものが詰まっていて、どことなく納戸に雰囲気が似ている。

「あの、大福、買ってきました。いっしょに食べませんか」コンビニ袋を揺らして見せた。

「お茶を淹《い》れるから」と言って鶴巻勲は台所へと向かう。

部屋に残された以都は室内を窺《うかが》った。床に積み上げられたCDを一枚拾い上げる。落語のCDだ。本棚に隙間なく詰め込まれている本の大半は時代小説らしい。ちゃぶ台には裁縫道具が広げてあって、縫いかけの刺し子の花ふきんが置いてある。意外な趣味に、ふふっと笑った。

鶴巻勲が戻ってきて湯呑みをちゃぶ台に置き、裁縫道具と花ふきんを隠すように自分の後ろへ押しやった。どうぞ、と以都は二個入りの大福を袋から出してひとつを鶴巻勲に渡す。

しばらく大福を咀嚼《そしゃく》する音だけが部屋に響いた。なにか喋らなければと思考を巡らす。

「今日来たお客さん――」

「この大福――」

ほぼ同時に話しかけてしまい、ふたりとも言葉を呑み込んだ。ますますぎこちない空気が流れる。ちゃぶ台の木目を見つめて気まずさを噛みしめながら、私だけじゃないんだ、と気付いた。ふたりきりの店でつねに歯がゆさを感じていたのは自分だけじゃない。鶴巻勲だって年の離れた以都となにを話せばいいのかわからなくて、困惑していたに違いない。――世代も性別も違うけど、私たちはどこか似ている。そう思うと急に気持ちがほどけて、沈黙も苦痛ではなくなる。

熱いほうじ茶をゆっくり飲み干して、以都は立ち上がった。

「帰ります。突然来てすみませんでした」

「いや、べつにいいんだ」鶴巻勲は八角形の金縁眼鏡の奥の眼を泳がせる。まだなにか言いたげだ。「……いつも履いている靴、あれを今度貸しなさい。猫背でがに股で歩いているから、靴底の削れかたにかなり偏りがあるはずだ。直したい」

以都は表情に出さずに驚いた。見ていてくれたんだ。猫背とがに股を指摘されるのはちょっと癪《しゃく》だけど。

「ぜひお願いします。明日持ってきます！」

「ああ」

あたたかいものに胸を満たされながら部屋の襖を開け、振り向いて鶴巻勲の顔を見た。

「おやすみなさい」

「ああ、おやすみ」


階段を降りて、まっすぐ通用口へ向かわずに作業場に入った。さらにその奥の納戸へ。踏み台に乗って例の赤い靴を手に取る。やっぱりこの靴、好きだな。口もとに笑みが浮かぶ。花井さんから真相を聞いたときのもやもやした気持ちは消えていた。

中敷きに刻印された英語のブランド名は消えかかっているがなんとか読める。聞いたことのない名前だ。ポケットからスマホを出し、その名前を検索してみる。海外のオークションサイトが引っかかった。ヴィンテージの靴の商品紹介で、この靴とそっくりな靴の写真が載っている。英語は苦手だが、「四〇年代のアメリカの靴です」といったようなことが書かれているようだ。

四〇年代のアメリカ製。はっと顔を上げた。あのケリーの話とつじつまが合う。――もしかしたら、ノートに書かれていたことはすべてが作り話というわけではないのかもしれない。

わからない。でもいつか教えてほしい。鶴巻さんのことをちゃんと知りたい。

今日はじめて足を踏み入れたツルマキ履物店の二階には部屋がいくつかあった。独りで暮らすには広すぎるかもしれない。もしも使っていない部屋があったら、借りて住むっていうのはどうだろう。なにせここから八王子は遠すぎるのだ。でもそんな図々しいことを申し出るのはまだ早い。――とりあえず、また明日。

外に出ると心地よい夜風が頬を撫でた。こんぺいとう商店街のレンガ敷きの道に以都の足音が響く。

三軒目

『川平金物店』

彩瀬まる

Maru Ayase

Profile

彩瀬まる（あやせ・まる）

1986年千葉県生まれ。2010年「花に眩む」で第9回「女による女のためのR-18文学賞」読者賞を受賞。著書に、『森があふれる』（河出書房新社）、『珠玉』（双葉社）、『不在』（KADOKAWA）、『やがて海へと届く』（講談社）、『くちなし』（文藝春秋）、『あのひとは蜘蛛を潰せない』（新潮社）などがある。

金網に覆われた箱の中で、アタシはいつも居場所を探していました。

起きている間はずっと物陰《ものかげ》から物陰へと逃げ回り、時々足元に落ちていた食べ物を拾って、辛うじて命をつなぐ毎日でした。体の大きな兄弟たちはいつも血が出るまでアタシをいじめ、箱の隅へと追いやりました。生まれてからずっとそんなだったから、アタシにとって生きるとは、いつか大けがをして食べ物が拾えなくなるまでの、苦しいのをじっと我慢する時間のことでした。

今でも忘れられません。兄弟たちのもの凄《すご》い悲鳴が響き渡る中、狭い狭い場所をくぐり抜けてまったく知らない場所に出た日。なにもかもがわからなくて、こわくて、死んでしまうと叫んでいたら、後ろからひょいっと抱き上げてくれる手に会ったこと。

あの日から茂《しげる》さんはこの世でたった一人、アタシの……。

「なんだい、しげ坊は今日も出てこないのかい」

不機嫌そうな声で目が覚めたら、いつのまにかアタシの背中を撫《な》でていたジイチャンの手が止まっていました。

ジイチャンは朝刊を読み終えて暇になると、だいたいレジ前の椅子《いす》に座ってアタシの背中を撫でてくれます。アタシはそのままウトウトしたり、店内に異常がないか巡回したり、大鍋《おおなべ》やプラスチックケースなどの大物が並ぶ商品棚の一番上に飛び乗っていい隠れ場所を探したりと、ジイチャンと一緒にのんびり午前中を過ごすのが常です。ジイチャンの頭のてっぺんの薄い毛は、他の人間とは違って薄茶と白が入り交じった明るい色をしています。アタシの体の色とよく似ているので、そばにいるとなんとなく安心します。同じ理由で、黄色っぽいアルミの鍋の中に隠れているのも好きです。

まだ眠気がたっぷりと詰まった頭を持ち上げると、ジイチャンは少し困った様子で、レジ前にやってきた年寄りの雌《めす》と話し込んでいました。

「いやまあ、ほら、難しい話だから」

「難しいもんか。大して珍しい話でもあるまいに、あんたがそう腫《は》れ物に触るようにするからややこしくなるんだ」

「そんなこと言ったってなあ、梅《うめ》ちゃん」

「ほらどきな、あたしが引っ張り出してやるよ」

なんだか込み入っているようです。二人の声が毛羽立っているのがいやで、アタシはジイチャンの膝からぴょんと飛び降りました。鍋だの食器だのが並ぶ狭い通路を抜けて、入り口へ向かいます。

「あ、お出かけかい桜《さくら》。車が危ないから、大通りには出るんじゃないよ」

雌が奥の住居スペースに入るのを阻もうと上半身を傾けた姿勢で、ジイチャンが声をかけてきます。アタシは尾羽をぴっぴっと揺らし、よく日の当たった通りへ踏み出しました。

お日様は、一番高い位置からちょこっと傾いたぐらい。いい感じです。この時間帯はバカ猫どもが道ばたに落ちた洗濯物みたいにくしゃっと丸まって、あちこちでだらしなく寝こけている時間なので助かります。

さあ今日も冒険のはじまりだ。ふん、と鼻から息を吐き、アタシは商店街の入り口へ向けて堂々たる一歩を踏み出しました。

アタシが暮らしている「川平金物店《かわひら》」はなんというか、色んなお店が並ぶ通りの中でも薄暗くてぱっとしない感じの、あまり目立たないお店です。商品の陳列はお世辞にもきれいとは言いがたく、台所用品や園芸用品、掃除用品なんかが入り交じった状態で、積み木のようにガチャガチャと積み上げられています。壁には端《はし》が破れた古いポスターが貼りっぱなしになっているし、エアコンから伸びた水漏れのしみも目立ちます。店の前に置かれた植物すら、ジイチャンの水やりがあまり上手くないのか葉っぱの先が枯れています。

お客も一日に片手で数えられるくらい。それでも細々と商売が成り立っているのは、ジイチャンとつがいになっているバアチャンが、もっぱらネット販売に精を出しているからだとか。ま、しなびたジジババの飯代さえ稼げればいいのよ、とはジイチャンの口《くち》癖《ぐせ》です。ただ、今はそこにアタシと茂さんの飯代もかかってきているので、本当はもう少しお客さんが来てくれた方が助かるのかもしれません。

さて、右を見て、左を見て。猫なし犬なし子どもなし、散歩中のジジババ及び赤ん坊を抱っこした主婦多数。天敵のいない格好の散歩日和です。いつもアタシを見ると目の色を変えて追いかけ回してくる向かいの洋服屋の猫も木の枝で丸くなっています。チッ。くちばしの届く範囲だったら、尻の毛を引っこ抜いて巣材にしてやったのに。

おっといけない。丁寧な言葉づかいは、客商売のイロハのイです。仕事中の茂さんは、そりゃあ丁寧な言葉づかいをしたものです。丁寧すぎて、堅苦しいとお客さんに引かれるぐらいでした。相棒であるアタシが茂さんの格を落とすわけにはいきません。

歩き始めてそう行かないうちに、お隣の「水沢《みずさわ》文具店」に差しかかりました。商店街のお店は、うちのレジ前に貼られた商店街マップでだいたい覚えています。ご近所に興味を持つのは、新参者のたしなみってやつですね。朝方の雨の名残《なごり》で出来た水たまりをぴょんと跳び越し、ほんのちょっと入り口を見上げます。

文具、っていうのはあれ、ジイチャンが時々帳簿をつけるのに使っている細長い棒のことです。くちばしでくわえて遊ぶのによさそうな細さで、アタシも一本頂きたいものです。ただ、ここは夕方になると大量の子どもが出入りしている絶対に油断してはいけない店の一つだと言えます。ふんと鼻を鳴らして通り過ぎようとした瞬間、おもむろに店の扉が開き、「コ、コココッ！」と思わず情けない声とともに道の反対側まで飛びすさってしまいました。

出てきたのはひょろりとした体つきの、頭の黒い毛をぼさぼさと伸ばした雄《おす》でした。むすっとした愛想のない顔つきで、前髪が目元にかかっているせいでわかりにくいものの、よく見ると案外若そうです。茂さんと同じくらいでしょうか。

その雄は、感情のうかがい知れない静かな目でアタシをじっと見つめています。食われる、と直感しました。ああ、アタシを捕まえてあの子どもたちの餌《えさ》にする気だな。よっしゃ来るなら来いや、その伸び放題の毛を引っこ抜いてツラの風通しをよくしてくれる。くっくっと小刻みに足を曲げて飛びかかるチャンスをうかがっていたところ、雄はぽつりと「お前が川平のニワトリか？」と呟《つぶや》きました。

はいそうです、アタシが川平金物店のニワ……ちょっと、あんなニワトリなんてやたらでかくて下品な鳥と一緒にしないでください。アタシはニワトリよりもずっと小さくてラブリーなチャボです。この美しい桜碁石模様が目に入らぬか。

どれだけ文句を言っても人間には通じません。まったく、人間というのはどうして好き放題にしゃべるばかりで、こうも耳が悪いのでしょう。しょうがなく、コッコッ、とわかりやすく頷《うなず》いておきます。自分からしゃべりかけてきたくせにアタシの返事を受け止めることもなく、雄はちらりと川平金物店に目をやって、自分の店に戻っていきました。

なんだったのでしょう。まあ、食われなかっただけよしとしますか。羽繕いをし、散歩を再開します。

商店街の中ほどに進むにつれて、ふんわりと香ばしい匂いが漂ってきました。わかります、わかりますとも。これはアタシたちが大っ好きな穀物の匂いです。さっきうちに来ていた「梅ちゃん」及び本人のいないところでは「梅干しババア」の「伊藤《いとう》米店」ですね。ババアはよくうちに顔を出すし、全身から穀物の匂いをぷんぷんさせているので、この商店街で一番先に覚えました。

ああ、今のうちに無人の店にもぐり込んで、一番甘い米から順につっつき散らしたい！　しかしあいにく店のガラス戸は固く閉ざされ、「昼休み中」の札がかかっていました。チッ。

それでもどこからか入り込めないものかと米屋の前をうろうろしていると、すぐ近くで「ありがとうございましたぁ」と底抜けに明るい声が響き、びっくりして全身の羽がはしたなく膨《ふく》らんでしまいました。背後では割と年を取った……年を取っていそうなのになぜか体から放たれるエネルギーがみずみずしい、明るい感じの雌が店の扉を押さえて客を見送っていました。確かこの店は、「カフェ　スルス」。日によって甘かったり酸っぱかったり香ばしかったり、色々な匂いを扉からあふれさせている不思議な店です。

雌は客がいなくなると、ちょっと驚いた様子でアタシをまじまじと見つめました。振り返って、店の中の人間と話し始めます。

「ちょっと、またいるんだけど」

「またまた、そんなことを言って。締め切り明けで目が疲れてるんじゃないですか？」

「むうちゃん、デザートのブルーベリーアイスがまだ残ってるよ。食べる？　ランチのお客さんもはけたし、お茶でもいれて一休みしよっか」

「賛成です！」

「いやだから、本当にチャボがいるんだって。ピナちゃん、ほんのちょーっと帳簿から顔を上げるだけじゃない」

「あともう少しで経費の計算が終わるところなんですよう。チャボなんて、こんな町中をひょいひょい歩いてるわけないじゃないですか。ねえ、りゅんさん」

「招きうさぎと同じかな。願いをかなえてくれる妖精的な」

「うーん」

目頭を揉《も》んで、雌は納得のいかない様子で店に戻っていきます。

ほっと息を吐き、アタシは小走りにその場を立ち去りました。


どうしてアタシが猫にもマケズ犬にもマケズ、下校途中の獰猛《どうもう》な小学生たちにもマケズ散歩をしているのか。説明すると、長い話になります。

初めに生きてきた箱がなにか……猫かたぬきかいたちか、小さすぎたアタシにはわかりませんが、とにかくなにかに襲われたとき、アタシは金網と地面の間に出来たわずかな隙間《すきま》に体をねじ込んで、なんとか外に出ることが出来ました。とにかく襲撃者から離れようと死にもの狂いで逃げたものの、外の世界のことなんかなんにもわかりません。こわくてさみしくて、心臓が潰れそうな気分で叫び続け、助けてくれたのが仕事帰りの茂さんでした。茂さんはアタシを背広のポケットに入れて、住んでいるアパートに連れ帰ってくれました。

茂さんは子ども向けの教材を作る会社の営業マンでした。毎日朝早くから遅くまで子どもがいそうな家のチャイムを鳴らしまくり、教育熱心でちょっと押しに弱い奥さんを探すのが仕事です。ただ、その仕事は茂さんには向いていないようでした。茂さんは子どもの頃から汗っかきで、それを気にするあまり、初めての人とはうまく話せないところがありました。緊張すると、言葉がつっかえて変なしゃべり方になってしまうのです。

チャボ相手なら平気なのになあ、と帰宅してアタシをケージから出した茂さんは、菜っ葉を片手にのんびりと呟きました。その笑顔が苦しそうで、茂さんが持ってきてくれる菜っ葉はいつも新鮮でおいしいのに、アタシまで胸が苦しくなったものです。毎晩毎晩、茂さんは仕事の悩みをアタシに語りました。部内で一番、営業成績が悪いこと、同僚にからかわれていること。

アタシ、なんで茂さんと同じ種族じゃないんだろうなあ。人間なんてぬるっとして細長いし、頭が丸いのがずいぶん間抜けな感じだけど、茂さんの味方になれるなら人間に生まれたってよかったなあ。茂さんがコートの襟《えり》を掻《か》き合わせて真冬の街を歩き回っている間、暖かい部屋のケージで餌を突っつきながらアタシは溜め息をつきました。もうアタシを追い回す意地の悪い兄弟はいません。だけど、アタシを守ってくれている茂さんは外で羽をむしられ、血をにじませているのです。

茂さんは真面目な人でした。夜遅くに帰ってきても、冷蔵庫からなんらかの食べ物を取り出して、銀色のピカピカ光る調理器具で料理を作っていました。多くは汁もので、野菜だの肉だのが色付きのお湯にぷかぷか浮いていました。

ある日、台所掃除の途中だったのか、床に下ろされていた大鍋にアタシがぴょんと飛び込むと、茂さんはおかしげに笑いました。

「桜さん、そんなところに入っていると、煮込んでだしを取られちゃうよ？」

だしってなあに？

「金物屋をやっているじいちゃんがね、一人暮らしの記念に鍋釜《かま》一式をプレゼントしてくれたんだ。ちゃんと飯を食うことは自分を大事にすることだ、俺の大事な孫を、お前が責任もって大事にするんだぞって」

言って、茂さんは嬉《うれ》しそうにアタシが入った鍋を撫でました。

「うちは金がないのに、親父と母さんががんばって大学に入れてくれたんだ。ＣＭで流してるような有名な会社に受かるなんてってみんな喜んでくれた。だから、俺も、しっかり飯を食ってがんばんなきゃ。桜さんも応援してな」

桜はいつだって茂さんを応援していますよう。そう伝えたくて、コッコッ、と喉《のど》を鳴らします。茂さんはアタシを優しく撫で、そっと鍋から取り出しました。水洗いした鍋をふきんで拭《ぬぐ》う茂さんの背中を見上げ、でも、とアタシはちょっと首をかしげます。

でも、茂さん、これ以上がんばるって、どうやるんですか。ぎりぎり限界までがんばってもうまく行かない場所でそれ以上がんばるって、壁に向かってごっつんごっつん、ひたすら頭をぶつけ続けるみたいな話じゃないですか。道ができるよりも先に、頭蓋骨《ずがいこつ》の方が割れちゃいませんか。

子どものウケがいいかもしれない、とアタシを営業に連れて行くこともありましたが、結果は散々なものでした。まあ、扉を開けたらチャボを小脇に抱えた営業マン。完全に不審者ですね。でもそんな無茶をするぐらい、当時の茂さんは追い詰められていました。ノルマの不足分を補うために自社製品を買い取るのは日常茶飯事で、生活費と家賃を引いたらかえって赤字になってしまう月もあったようです。

お金の他にアタシがなによりもいやだったのは、営業所の雰囲気でした。誰も彼もが半笑いで、茂さんのやることなすことをだめだだめだと馬鹿にします。茂さんが本当にだめなのではなく、ただ「だめだ」と言いたくて言っている感じでした。そうすることで、うまく群れのまとまりを作っているのです。

アタシはこれを知っています。茂さんのおうちに来てから、なんで自分はつつかれたのか、あの辛い時間は一体なんだったのか、アタシはずっと考えていました。アタシが弱かったから？　兄弟たちが特別に意地悪だったから？　いいえ、いいえ。

小屋が狭すぎたんです。あそこは、だめな場所でした。アタシがつつき殺されたら、アタシの次に体の小さな子がつつかれる。それがずっと繰り返されてきた、小さな地獄みたいな場所でした。どこにでも発生しうる、ありふれた、たちの悪い地獄です。そして、茂さんの職場にもアタシは同じ印象を持ちました。

長い冬が終わり、窓の外にぽつぽつと明るい色の花が目立ち始める頃、茂さんは布団からなかなか出られなくなりました。体に力が入らず、どうしても起き上がるのが辛いようなのです。どうにか支度をして仕事に出ても、体調が悪いものだから営業成績はいつも以上に振るいません。ぐったりとして帰宅し、泥のように眠り、翌日はまた起きられない。そんな日々が続きました。きれいだった部屋はぐちゃぐちゃに乱れ、台所の流しには汚れた食器や鍋が溜まっていきました。

ある朝、茂さんは枕に頭を預けたまま、見たこともないようなこわい顔で天井をぎゅっと睨《にら》みつけ、目尻から大粒の涙をこぼしていました。

「ごめんなさい……ごめんなさい……」

食いしばった歯の間から、呻《うめ》くような声がします。アタシはケージの中で力いっぱい羽ばたきました。出して！　出して！　なにかやるから、アタシを出して！　どんなに訴えても、茂さんにアタシの声は聞こえません。アタシは、気づいていたのに何もできなかった。もう何週間も、茂さんは台所で料理をしていませんでした。自分を大事にすることすら、出来なくなっていたのです。

その日から、茂さんは仕事を休み続けました。それどころか、ほとんど家から出なくなりました。外に出るのは、アタシの餌やケージの下に敷いているおしっこシートが切れたときだけ。ろくに食べ物もとらずにずっと布団に横たわったまま、どちらかといえばふっくらした体つきだったのに、みるみる痩《や》せていく茂さんを見ているのはとても辛かった。

茂さんは、人間がこわくなっちゃったんだ、と思いました。目が、揺れて、ほんのわずかな物音にも跳ね上がる目が、つつかれ続け、追い回され、群れから逃げていた頃のアタシにそっくりでした。このままでは茂さんは死んでしまう。むしろ茂さんは、自分に罰を与えている気分だったのかもしれません。もう俺なんか、どうなったっていい。そんな、自暴自棄《じき》な空気があの頃の茂さんの周りには漂っていました。

まもなく茂さんは望み通り、あからさまに体調を崩しました。ろくなものを食べていないのだから当たり前です。

高熱と猛烈な咳《せき》でぐったりした茂さんの、唯一の誤算は、アタシが同じような風邪をひいたことだったのではないかと思います。

「なんでお前の方が、俺よりぐったりしてるの……」

そんなこと言われたって、桜と茂さんは一心同体なのです。茂さんが嬉しければアタシも嬉しい、茂さんが苦しければアタシも苦しい。あの日、茂さんに拾ってもらった日から、ずっとずっとそうなのです。あふれ出る鼻水の息苦しさにあえぎながら、アタシは辛うじて茂さんを見上げました。

茂さんはふっと、本当に久しぶりに、少しだけ目尻をゆるめて笑いました。膝に片手を当てて、立ち上がろうとします。が、すぐによろけて布団に尻もちをつきました。

「だめかあ」

頭を掻き、這《は》いつくばるようにして部屋の隅に放られていた携帯電話に手を伸ばします。充電器に差して数分後、どこかに電話を掛けました。

「体調が、悪くて。うん、あのさ、今、チャボを飼ってて、そいつを俺の代わりに病院に連れて行ってほしいんだ。うん、うん……ごめんなさい……じ、実は、親父と母さんには、まだ内緒にしてほしいんだけど……」

長い電話でした。途中、茂さんの目尻からはつうつうと涙が流れていました。

数時間後、どんどんどん！　とものすごい勢いで玄関の扉が叩《たた》かれました。

「馬鹿野郎！　大事にしろって言っただろうが！」

空気が震えるほどの剣幕で乗り込んできたジイチャンは、出迎えた茂さんの体を強く強く抱きしめました。


アタシは、ジイチャンに感謝しています。

ジイチャンはすぐに茂さんとアタシをそれぞれの病院へ運び、この川平金物店の二階に茂さんが住める部屋を用意してくれました。今では毎日、栄養たっぷりのごはんを運んでくれています。ぜんぶぜんぶ、アタシがやりたくても出来なかったことです。アタシは認めるしかありませんでした。病んだ人間を助けられるのは、人間だけなのです。

川平金物店に移ってからも、茂さんは変わらず部屋に引きこもっています。親御さんの転勤が多かった関係で、中学生の頃は店の裏手にあるジイチャンの家から学校に通っていたということなので、もしかしたら昔の知り合いに会いたくないのかもしれません。

それとも、まだ人間がこわいのか。チャボのアタシにはわかりません。

ただ、茂さんが困っているならアタシは動き続けます。もう二度とケージには入りません。その場でウンチをして泣き叫んででも拒否します。アタシが出来ないなら、アタシの代わりに茂さんを助け、部屋から連れ出してくれる人間を探してきます。幸いこの商店街には明るくていい感じの空気をまとった人間が、割とたくさんいるのです。

さて、今日こそは一人ぐらい連れて帰りたいものです。明るくて、楽しげで、思わず茂さんが一緒に出かけたくなるような、エネルギーにあふれた人間を。

まあでも、店を一軒かまえている人間なんていうのは、たいていなんらかの強《したた》かなエネルギーを持っているものです。あまり悩まず、適当に服の裾《すそ》をくわえて連れて行くのもいいのかもしれません。雄より雌の方がいいかしら。あんまり若すぎたり年寄りすぎたりするよりも、茂さんと同じぐらいの方がいいかなあ。

きょろきょろと通りを見回していると、ガラス戸越しに、なにやら大きな台の上で頬《ほお》杖《づえ》をついている若い雌と目線がぶつかりました。ふむ。悪くはないかもしれません。どうせなら道に出てきてくれないかな。じーっとその雌と見つめ合い、アタシはふと、店の看板を見上げました。

「赤城ミート」

気のせいでしょうか。改めて店内に目を戻すと、なんとも異様なオーラを感じて胸毛が逆立ちます。よく見るとあの雌の目、完全にアタシを獲物だと思ってませんか。肉も内臓も軟骨も、すべて解体しておいしく食べてやる的な殺気を感じます。

「コッ……コッコッコッコッコケー！」

本能的な恐怖に突き動かされ、アタシは走りました。羽ばたき、ろくに前も見ずに駆け出したものだから、すぐに近くを歩いていた人間にぶつかります。

「わわっ！　……はあ？　ニワトリ？　あんたどこから逃げ出してきたの」

片手に花束を持った活発な感じの若い雌が、アタシの目の高さにしゃがみました。

ん？　どこかで見たことがありますね。ああ、先日「川平金物店」にやってきて、

「あのさあ、外のグリーン、枯れてる上に虫湧《わ》いてっから！　ちゃんと世話しなよ」と店先でジイチャンを叱《しか》っていた花屋です。ひな菊《ぎく》と名乗っていたような。店の中にいたアタシには気づかなかったようです。

ひな菊はきょろきょろと周囲を見回し、眉間にしわを寄せると片手でひょいっとアタシを小脇に抱えました。わっ、わっ！

「暴れないのー。あんたさあ、こんなとこうろうろしてたら踏みつぶされるよ？　もう少しわかりやすい場所にいた方がいいって」

別に迷子ではないんですが、ひな菊の言うことには一理あります。なにしろアタシ、チャボですから。地面からでは人間の靴はよく見えても、顔はよく見えないんです。

ひな菊は近くの店に花を届け、商店街の入り口に立ち寄りました。そこには大きなプラスチック製の、片耳の折れた白いうさぎが立っています。

「ほら、ここならいやでも目立つから、ちゃんと見つけてもらえるよ」

ひな菊はうさぎの両耳の間にすとんとアタシを下ろしました。最後になぜかアタシのくちばしを指先でぴんと弾いて、ばいばーい、と手を振って去って行きます。

茂さんを外に出してくれるのは、こんな人間かもしれないなあ。そう、ひな菊の背中を見て思いました。今度会ったら、なんとか頼んでみましょうか。

せっかくの好意なのでうさぎの頭に乗ったまま、しばらく通りを眺めることにします。近くに大型のバスが停まり、年寄りの一団が「スカイツリー天丼はまだやってるのかね」「恋愛成就のうさぎのキーホルダーを頼まれたんだけど」などと談笑しながら商店街に入っていきます。早めの買い物に来たらしい主婦たち、身軽な若い男女、ぼちぼち現れ始めた学校帰りの小学生（さっとうさぎの耳に隠れます）。

桜は散ってしまいましたが、よく晴れた、風がさわやかな素敵な日です。人間たちも気持ちよさそうに目を細めています。

ああ。

茂さんと、お散歩したい。

胸にぽつりと芽生えた望みにうなだれ、アタシはうさぎの頭から降りました。

商店街の半ばまでとぼとぼと戻ったところで、前方に見覚えのある雌を見つけました。あの「カフェスルス」で見かけた、年は取っていそうなのにどことなくエネルギッシュな雌です。そばに二人、雰囲気の似た雌を連れています。三人は、なぜかアタシを見て「あ!」と素《す》っ頓狂《とんきょう》な声を上げました。

「いたいた!」

「うわあ、ほんとだ」

「チャボですねえ。桜碁石って種類だったかな」

「くわしいね」

「昔、知り合いが飼っていたんですよ」

「ともかく、保護しよう。商店街のLINEで呼びかければ飼い主もわかるだろうし」

えっ、あの、ちょっと。

三人に道の端に追い詰められ、アタシはとうとう抱き上げられました。いやいやいや、迷子じゃないんで！　ちゃんと帰れるんで！　羽ばたいて逃げようとするも、アタシは片方の羽が上手《うま》く動かないので、大した抵抗になりません。例の色んな匂いがする店の中に運ばれていきます。困った、困りました、どうしよう！

　そのとき、商店街の奥から願ってもみない人間が歩いてきました。太鼓腹《たいこばら》につっかけサンダル、金物色のふわふわ頭。ジイチャン！　ジイチャンです。アタシの帰りが遅いので、見に来てくれたのでしょう。コケーコッコッコ！　アタシはここだよ、と力いっぱい主張します。ジイチャンは確かにこちらに顔を向けました。そして。

　ふっと背中を向けて、元来た道を帰っていきました。

「なんだか急に大人しくなったね」

「お腹が空いたのかな。菜っ葉食べる？」

「りゅんさん、でもどうしましょう。一応飲食店ですし、ディナータイムまでに飼い主が見つからないとまずいかもです」

「うーん、お客さんがいるときは、あの野菜を運ぶ蓋《ふた》付きバスケットに入ってもらおうか」

「このチャボ、羽の艶《つや》もいいしくちばしもきれいだし、飼育小屋でまとめて飼われてたっていうより、個人宅のペットだと思うんだよね」

「なるほど。チラシでも作って張り出しますかね。あと、そういうことなら交番に遺失物として届けが出ているかもしれません」

「心配しなくても、すぐ飼い主に会えるからね」

お心づかいは嬉しいのですが、アタシは今、その飼い主に捨てられたばかりなのです。コッコッと喉を鳴らし、一番初めに出会ったむうちゃんと呼ばれている雌の足元に座ります。どうしましょう。もうアタシは、この店の看板チャボとして生きていくしかないのでしょうか。でも、なんだか迷惑をかけそうです。かといって、野良はきついなあ。小屋から逃げ出した日を思い出し、体が小刻みに震えます。ジイチャンがアタシを捨てるなら、もうどうしようもありません。

だって、茂さんは部屋から――。

「あれ、お客さんかな？」

店の扉を開けて入ってきた人物を見て、夢を見ているんだと思いました。

毛玉のついたスウェットパンツ、首回りにしわが寄ったTシャツ、伸びっぱなしの無精髭《ひげ》に、さっきジイチャンが履いていたつっかけサンダル。ぼろぼろでよれよれで、お世辞にもきれいとは言えない格好をしたその雄は、荒い息を整えるより先に勢いよく頭を下げました。

「す、すす、すみません！　そのチャボ、おっ俺の、俺の、でっ……さ、さささん、ぽ、出てて」

アタシの目の前で、茂さんの膝が今にも砕けそうなくらいに震えています。むうちゃんは、りゅんさんと呼ばれている雌と顔を合わせ、ひょいとアタシを抱き上げました。

「この商店街には猫が多いので、お散歩なら飼い主さんも一緒に出た方がいいですよ」

そうゆったりと語りかける声がとても穏やかだったことを、アタシは死ぬまで感謝します。茂さんは両手でアタシを抱き留め、また頭を下げました。

「は、はいっ、はい！」

「迎えに来てもらえてよかったねえ」

はい、よかった。本当に、よかったです。


今度はお客さんとしてきてね、と見送られ、茂さんと一緒に外に出ます。日暮れが近づき、商店街はだいぶ賑《にぎ》わいを増していました。

「……からあげ専門店に連れ込まれたって聞いたんだけど、どう見ても普通のカフェだったよなあ」

茂さんはぽんぽんとアタシの体に手のひらを弾ませます。川平金物店の方向へ、茂さんが足を向けたそのとき。

がらっと向かいの店のガラス戸が開き、顔中に不機嫌なしわを寄せた小柄な年寄りが怒鳴りつけてきました。

「しげ坊！　出てきたのか！」

「梅ばあちゃん……」

「本当にもう……徳さんも浩二《こうじ》さんも、昔なじみはみんな心配してたんだよ！　それなのになんだいお前は、意地張って。あたしらがお前を責めると思ったか。このじゃりガキが、見損なうんじゃないよ！」

「……ごめん」

「なにを謝ってるんだ！　いいから寄っていきな。刻みたくあんを入れたいなり寿司、好きだったろう？　持って帰ってあの金物ジジイと食べな」

「はい」

ぶつぶつ文句を言いながら、梅ばあさんは店に入っていきます。アタシは、あいかわらずこええなあ、と茂さんがぼやくのを聞き逃しませんでした。

翌日、茂さんは久しぶりに髭を剃《そ》って比較的新しいジャージに着替え、店先に丸椅子を持ち出して座りました。ジイチャンに日に当たってろと言われ、その通りにしているのです。アタシは喜んで茂さんの周りをぐるぐると駆け回り、膝に乗ったり下りたりを繰り返しました。茂さんは静かな顔で道行く人々を眺めています。茂さんがこわくなったらいけないと、アタシは店先を離れませんでした。

昼食らしい弁当の包みをぶら下げて、向かいの「ブティックかずさ」の主人が通りを歩いてきました。ジイチャンと近い年頃の、だけど段違いに引き締まった体つきの、はっと目を引く色の服を着た血色のいい雄です。

「茂ちゃん、久しぶりだな。ひなたぼっこか」

「はあ」

「ま、ゆっくりな。焦るんじゃねえぞ」

あっさりと手を振って、主人は店に入っていきます。首筋に薄く汗を掻いた茂さんが、大きく深呼吸をします。アタシも一緒に、ふうっと胸を膨らませました。

それからほんの数分後のことでした。

「すみません、あの、ゆで卵？　を、いっぺんに切れる器具ってありますかねえ」

ふらりとやってきた子連れの若い雌に話しかけられ、茂さんの顔が強ばりました。すると、ジイチャンがすすすっと寄ってきて、これですかねと愛想よく商品を差し出しました。

「あ、これこれ。くし形に切れる？」

「いけると思いますよ。ほら、ここを引っ張ると、平たいようにも切れるみたいで」

「じゃあ、これもらうわ」

客が帰ると、またジイチャンはすすすっとレジに戻っていきました。

それから何人かのお客さんがやってきてはジイチャンと話し、商品を買って、もしくは買わずに帰って行きました。お日様が傾き、茂さんは正面の通りをじっと見つめるのではなく、薄い雲の散った空を見上げるようになりました。きゅっと伸びていた背筋が丸みを帯びて、力が抜けているのがわかります。

「お兄さんちょっとごめんね、なんだかね、今日の朝テレビでやってたんだけど、ゆで卵をきれいに切る道具ってあるかしら」

次に声をかけてきたのは、自転車を押した年寄りの雌でした。茂さんは雌へ顔を向け、丸椅子を立ち上がると先ほどジイチャンが向かった棚を覗き、間もなく手のひらサイズの商品を一つ、つかんで戻ってきました。

「どうぞ」

「ああ、これね。ありがとう」

「じいちゃん、レジ」

店の奥へと顔を向け、レジ前のパイプ椅子で腕組みをして眠っていたジイチャンに呼びかけます。そして、またゆっくりと丸椅子に座り直しました。

夜になって、茂さんは熱を出しました。

明日はやめとけ、とジイチャンが言い、茂さんは首を振りました。熱が下がったら十分だけでも、と呟き、十分だな、とジイチャンも頷きました。

次の日、茂さんは本当に十分だけ店先に座っていました。時間が過ぎると立ち上がり、梅ばあさんの店へ向かいました。アタシももちろん、お供します。

梅ばあさんは店の前に長机を出して、土鍋で炊いた米を使ったおにぎりと焼きおにぎりを路上販売していました。辺りは焦げたしょうゆの甘じょっぱい匂いでいっぱいです。ちょうど昼時ということもあって、机の前には何人かのお客さんが集まっていました。茂さんは輪の外側で、お客さんがはけるのを静かに待ちます。

長机からお客さんが離れたのは、それから五分ほど経ってからのことでした。

「えっと……焼きおにぎり三つと、昆布とシャケと梅を一個ずつ、あと、漬け物くださ
い」

「はいよ。――しげ坊、あんた午後は空いてるかい」

「うん」

「ちょっと頼みごとがあるんだ。三時過ぎにでも来ておくれ」

「わかった」

代金を渡し、茂さんは買ったおにぎりを持ち帰ります。ジイチャンは、茂さんが外で買い物をしてきたことにずいぶん驚いた様子でした。母屋からバアチャンを呼び出して、三人でおにぎりを頬ばります。アタシの餌皿にも、刻んだキャベツとトウモロコシが景気よく追加されました。

食後、二階で短い睡眠を取り、茂さんはまた出かけていきました。

「どのくらいかかるかわからないから、桜さんはうちで待ってて」

ついていこうとしたアタシは抱き上げられ、あっさりと店内に戻されました。おかげで茂さんがいないあいだ、アタシは心配のあまりひたすら店のガラス戸をくちばしでコツコツと叩き続けることになりました。

「お前は本当に茂がいないと落ち着かねえなあ。まるで人間みたいだ」

レジで夕刊をめくっていたジイチャンが、そんなアタシを見て笑います。いえ、アタシは人間よりかなりラブリーでキュートなチャボです、はい。

「不思議なもんだなあ。お前を見てると、茂の心が半分、お前に支えられてるのが見えるみてえだよ。俺は、親父の代からずっとこの店でのんびりやって来たから、勤め人の悩みなんかわからねえし、下手なことを言うとかえってあいつを追い詰める気がしてな。気の利いたことの一つも言えないで、二階に閉じ込めることしか出来なかった。でも、お前は言葉すら通じねえってのに、とにかく茂のあとを追っかけて、あいつのそばに居ようとするんだな。なにが出来る、出来ないよりも、いっちばん大事なのはそういうことなのかもしれないな」

それは違う、と知っています。アタシだけでは、茂さんは死んでいました。ジイチャンとアタシで、やっと茂さんに生き延びてもらえる。そして茂さんが傷を癒やして快復するには、アタシとジイチャンだけでなくもっと多くの人間の助けが必要なのでしょう。

アタシはガラスを叩くのを止め、ジイチャンの膝に飛び乗りました。この商店街の人たちを、茂さんを、今は信じることにします。目を閉じると、朝から気を張っていたせいもあり、すぐに眠りがやって来ました。

一時間後、汗だくになって帰ってきた茂さんは、大量の米袋を上げたり下げたり在庫整理を手伝わされた、と笑って言いました。手にはなぜか千円札を一枚持っています。

「梅ばあちゃん、まだ俺をガキだと思ってる。初めから小遣いくれる気だったのかな」

「馬鹿、逆だろう。お前が一人前の大人だから、ちゃんと働いた分の金を寄越したんだよ」

ジイチャンは少し考え込み、店の奥から半紙を持ってくると太めの筆ペンをさらさらと走らせました。茂さんはぽかんとした面持ちで書かれたものを読み上げます。

「雑用ヤリマス。一時間千円？」

「どうよ、表に貼っとくか。考えてみりゃジジババばかりの商店街に若い男手がやってきたんだ。届かないとか持ち上がらないとか、自分じゃ出来ないなにかを頼みてえってヤツは大勢いるはずだ」

茂さんは考え込み、もう一枚半紙を取り出しました。筆を使い慣れていないよれよれの字でこう書き込みます。

『雑用ヤリマス。二十分三百円』

「このくらいの方が、頼みやすいと思う」

「……なんだお前、思ったより商売っ気があるじゃねえか」

目を丸くするジイチャンに、茂さんは照れた様子で頭を掻きます。

「でも、雑用をやるならまず一番にやりたいことがあるんだけど」

「なんだよ、言ってみろ」

「この店の掃除。お客さん、ぜんぜん品物を見つけらんないで、迷子になってんだもん」

　今度こそあっけにとられて目どころか口までぽかんと開いたジイチャンは、ふいに自分の膝をぱんっと叩き、いくらでもいじれ！　と嬉しそうに笑いました。


　一日、また一日と、ガラス戸の外の景色が変わっていきます。木々の緑が深くなり、風が水っぽさを増して、まだアタシが見たことのない新しい世界がやってくるようです。今茂さんは毎日「川平金物店」に下りてきて、店の商品の並べ替えを行っています。コーナーまで一緒くたに置かれていた生活用品を仕分けし、余分な在庫は二階に上げて、コーナーを作って陳列すると、店は見違えるほどきれいになりました。なんでも大学時代に都心の雑貨店でアルバイトをしていたとかで、少ないスペースに見やすくぎっちりと陳列するのは得意なのだそうです。こういう什器《じゅうき》を取り寄せればもっと商品を置ける、などとジイチャンに伝えては、へええ、と頷かれています。

「お前、大学行ってよかったなあ」

「うーん……これのために行ったわけじゃないんだけど」

「ああ、そうじゃなくてだな」

もごもごとジイチャンは言葉を嚙《か》み潰しました。短い沈黙を挟み、また少しぎこちない調子でしゃべり出します。

「ええとな、お前、大学でなにを勉強したんだ？　なにに興味がある。これからどうしたい。なんかあったら言ってくれ」

「大学では……いちおう、専攻は教育だったけど」

前の職場のことでも思い出したのか、呟いた茂さんの眉間にわずかにしわが寄りました。

「ただ今は……先のことは、あんまり考えられないかな」

「そうだよな、なんでもねえ。あせらせたいわけじゃないんだ」

「うん、わかってるよ」

まだ完全に打ち解けたわけではありませんが、二人は大丈夫な気がします。がんばった、と褒めたくなって、アタシはレジに座ったジイチャンのもとへ向かいます。ついでに昼寝をさせてもらうつもりで膝に乗ると、店の入り口に細い人影が現れました。

「すんません、ちょっと……」

「あ、いらっしゃいませ」

鍋を積み直していた茂さんが顔を上げ、お客と目を合わせます。見たことのある人間です。瘦せて、黒縁眼鏡《くろぶちめがね》をかけていて、目元が隠れるほど髪の伸びた、どことなく憂《うれ》いを含んだ若い雄。思い出しました。前に「水沢文具店」から出てきた人間です。

「シゲ、久しぶり」

雄は茂さんのことがすぐにわかったようですが、茂さんは目を見開いたまま、しばらく黙っていました。

「……えっ、も、もしかして、タッツー？」

「おう」

「うっわ全然わかんなかった！　昔はもっと髪が短くて爽やか系だったのに」

「あのころは野球部だったからな。あれから色々あって、今はおれがじいさんのあとを継いで店をやってる」

「そうなんだ……知らんかった」

タッツーは無言で頷き、持ってきた紙を茂さんに差し出しました。

「青年部、お前も入るだろ」

「え、なに？」

「この商店街の若い奴だけで集まって、客集めとか、ホームページ運営とか、イベントの企画とか、色々相談してるんだ。お前も来いよ。外から来たばかりだと、ここがどんな風に見えるのか教えてくれ。週末にこの地図の『鳥吉《とりよし》』ってところで飲んでるから」

「……俺が、入っていいのか？」

「当たり前だろう。むしろ入ってくれ。人手は多いほどいい」

茂さんはまじまじと手渡された紙を見つめました。心なしかその肩が震えています。嬉しいのか、こわいのか、アタシにはわかりません。三十秒ほど間を置いて、茂さんは入る、と答えました。そうか、とあまり表情を変えずにタッツーは頷きます。

「あと一つ頼みたいんだが」

「え？」

タッツーは指先で、店頭に張られた半紙を指さします。

「シゲ、勉強得意だったよな。うちの店に夕方から子どもが集まってるんだけど、二時間ほど宿題を見てやってくれないか。代金は子どもたちの親が払う。おれだけだと客の相手でろくに見てやれないことがあるから」

「い、いいのか？」

「さっきからなんで聞き返すんだ？　頼んでるのはこっちだろう」

「……任せてくれ。中学までの教員免許は持ってる」

「なんだ、すごいな」

それじゃあこの日からと日程を決めて、タッツーは店を出て行きました。タッツーが居なくなったあとも、茂さんは明るい光が差し込む店先をしばらく呆然《ぼうぜん》と眺めていました。

「じいちゃん」

「なんだい」

「さっきの話の、続きだけど……俺、しばらくここで世話になってもいいかな」

「あったり前じゃねえか！」

ぱんっと景気よく茂さんの背中を叩き、ジイチャンは何度も頷きました。木々がざわめき、みずみずしい風がざあっと店の中へ吹き込んできます。アタシの羽も、ジイチャンの髪も、茂さんが持っている書類も、なにもかもを優しく撫でて去って行きました。


茂さん、アタシね、思うんです。

アタシは、小さいからつつかれた。小さいから追い回された。でも、あそこから逃げられたのもまた、小さいからなんです。

小さいから茂さんに会えて、小さいから今、こんなに幸せです。

逃げるときに無茶をして曲がった羽も、今となっては勲章みたいなものです。だからね、茂さん。あなたを苦しませた性質が、あなたの幸せの種になる場所が、必ず、必ず、この世にはあります。そこに行きましょう。この商店街がそうかもしれない。もしも違ったって構いやしません。歩きましょう、生き続けましょう。

あの日から茂さんはこの世でたった一人、アタシに新しい居場所をくれた、神様みたいな人だから。

「あれ、桜。また茂についていくのかい」

「コッコッ」

どこまでだって、お供しますとも。

四軒目

『～中古楽器・中古レコードの買取・販売～
しゑなん堂』

芦原すなお

Sunao Ashihara

Profile

芦原すなお（あしはら・すなお）

1949年香川県生まれ。著書に、第105回直木賞を受賞した『青春デンデケデケデケ』（河出書房新社）のほか、『ハムレット殺人事件』『猫とアリス』『ミミズクとオリーブ』（以上東京創元社）、『恐怖の緑魔帝王』『山越くんの貧乏叙事詩』（以上ポプラ社）、『山桃寺まえみち』『カワセミの森で』（以上PHP研究所）など多数。

あれは偶然でした、とか、これがこうなったのはまったくの偶然だった、なんて人は時に言ったりするのだけれど、わたしもそういう経験をしたのだった。

そして、そういう偶然の経験が、あとから振り返ってみると思ったほど偶然ではなくて、なにかこう、仕組まれていた、というか、そう定められていたように思えてくるのも、わたしだけのことではないだろう。でも、必然というのとも違う。必然というと、なにか強制的な感じがしてわたしはいやだ。強制のレールに乗せられていたのではなくて、そうなるように物事や、時間や、はたまた本人の体調や感情などが、なにがしかの方向性を持って寄り添って、こうなったのだなあ、という感じだったりするように思う。

何を言っているんだろうと、わたしだって思う。だけど、そういうことがわたしに起こって、それで今こうして店番をしているのである。何の店かは、もっと後で言う。

その偶然は、カーラジオから流れてきた歌をわたしが耳にしたことだった。わたしは若い男の車の助手席で、その歌を聞いた。

若い男という言い方も、あんまりかと思うが、相手はわたしを彼女にしたいと思っているようだけど、わたしはその男を彼氏にしたいなんてちっとも思ってないから。ボーイフレンドとも違うなあ。わたしたちは同じ大学の、音楽サークル——民族音楽研究会なんていうヘンな呼び方もあるみたいだけど——に入ってて、それぞれがバンドみたいなことをやっている。わたしはエレキギター、ベース、ドラムをバックにアコースティック・ギターを弾きながら自作の歌を歌っている。この男は別のバンドでベースを弾いてるが、わたしを自分のバンドに入れたいようだ。そんなつもりはわたしにはない。だから、やっぱり若い男でいいか。

だが、そういう気も（どういう気だ）ないのに、そういう気のある男の車の助手席に乗るのは賢明なことではないと、世間は思うだろうし、わたしも異論はないのだけど、なにがどうなったか、とにかくそうなっていたのだった。偶然が始まっていたのかもしれない。

で、その曲は、初めて聴くものだった。聴いてすぐロックだと思う曲だった。だけど、わたしがよく聴くロックとは全然違っていた。こう、ギターが、ジャン、ジャジャジャー、ズンチャカ、ズンチャカと鳴ったかと思うと、男の声で歌が入る。いわゆる「いい声」でもなんでもない。田舎《いなか》の力自慢のあんちゃんみたいな声だ。魅了された。

歌はせいぜい3分くらいのものだったろう。終わったあとぼーっとしてて、曲名やアーティストの紹介を聞き漏らしたから、隣の若い男に尋ねた。

「今なんて言ったの？」

「え？　おれ何も言ってないけど」

「ラジオ。さっきの曲はなんていう曲かなあ、と」

「えっとね、確かグリーン……なんとかって言ったかなあ」

「リバー？」

なんか、そう言っていたような気がしたのだ。それを思い出したのも、偶然だな、きっと。

「だったかな」

「グリーン・リバー」

「うん、そんな曲名だったよ、たしか」

「アーティストは？」

「聞いたことないバンド。いやに長い名前だなって」

わたしはスマホを取り出して検索した。出た。

〈グリーン・リバー〉。クリーデンス・クリアウォーター・リバイバル。

翌日、わたしはそのバンド、クリーデンス・クリアウォーター・リバイバル（長ったらしい名前だから略してCCRと呼ばれることが多いらしい）のCDを買った。《CHRONICLE》というタイトルのいわゆるベスト盤で、目当ての〈グリーン・リバー〉ももちろん入っている。

今のロックと比べたら、ものすごくシンプルだ。ギターが二本か三本、ベースとドラム、それだけ。オケもシンセも、応援のパーカッションも、なんもなし。だが、そのケレンみのない演奏に、シビレた。ほんとにキレのいいストレートをど真ん中に投げ込む感じ。打てるもんなら打ってみろ、ってね。

最初は〈グリーン・リバー〉ばっかり聴いてたが、他のも聴いてみた。聴いてみてびっくりした。〈グリーン・リバー〉に負けない名曲ばかりじゃないの！

〈アイ・プット・ア・スペル・オン・ユー〉、〈プラウド・メアリー〉、〈ダウン・オン・ザ・コーナー〉、〈ロディ〉、〈フール・ストップ・ザ・レイン〉、〈アップ・アラウンド・ザ・ベンド〉、〈雨を見たかい〉。

どれも直球ど真ん中の名曲で、聴いてて嬉しくなってくる。そして、今までこんなすごいバンドをどうして知らなかったのだろう、と思った。ロックやってると言いながら、まるでモグリだったのだな、と。

こうなったらこのバンドの他のアルバムも聴いてみたくなってCD店を回ったが、すでに入手したベスト盤しか見つからなかった。さらに大きなCD店に行こうかと思っていたら、同じサークルの、前のとは別の若い男が言った。

「そういうのは中古屋を当たったほうがいいかも」

「中古屋ねえ……。いい店知ってる?」

「いっぱいあるよ。新宿《しんじゅく》でも高円寺《こうえんじ》でも。他にも調べてみればいっぱいあるんじゃないのかな。でもぼくがお薦めするのは、そういう有名店じゃなくて、いわば、穴場の店だな」

「それ、教えてみてみ」

「その店はね、中古CDも扱ってると思うけど、メインは中古レコードと、中古の楽器なんだ」

「レコード?」

「アナログレコードだよ」

「レコードプレーヤーなんて持ってないし」

「でもね、のぞいてみる価値はあるよ。そこのオヤジがね、なんか、スゲえんだよ」

「どうスゲえの?」

「まあ、行ってみ」

というしだいで、わたしはスゲぇオヤジの店を訪れることとなったのである。

明日から十一月という気持ちのいい日の昼下がり、一時間弱の時間をかけて電車を乗り継いで訪ねたその店は、明日町《あしたまち》こんぺいとう商店街にあった。

へんな名前の商店街の入り口には、片耳がおいでましの形に折れたうさぎの像が据えてあって、それがなんか気に入ってしまった。思わずうさぎに向かって手を振った。

この通りはおよそ四百メートルほどあり、店は八十軒ほどあると後に知ったが、なんだかゆったりと落ち着いた雰囲気の商店街で、車は一台も通っていない。自転車と歩行者のみ通ることを許されていると、これも後に知った。

夕方などはもっと買い物客が多いかと思うが、昼下がりの今は静かなものである。歩きながらなんだか心がゆっくりもまれて、いい感じにほぐれるような気がする。

かつてはどこにでもあったような商店街、だけど今はほとんど見かけることもなくなった商店街。過去がふっと戻ってきた感じ――いや、時間がすーっと傍《かたわ》らを通り過ぎていったような感じのする商店街である。なんだか楽しくなってきた。

めざす中古屋さんは、通りのぐっと奥よりにあった。

入り口は立派な木製のドアで、両側がガラス張りのショウウィンドウになっている。中に陳列してあるのはほぼ全てギターだった。左側のウィンドウにはエレキギターが五本、右側にはエレキが三本にアコースティック・ギターが一本陳列してあった。

もっとたくさん置けるスペースがあるが、あえてそれだけ置いてある、といった風情である。そう思って眺めると、その置き方も普通の楽器店とはちょっとセンスが違うかもしれない。朝礼で生徒を並ばせるみたいな、きちんと列を作って、といったやり方ではない。そうなのだ、言ってみればこれらのギターが一番美しく見えるような配置で置かれている。ギターって、美しいんだと、わたしは思った。けっこうギターをいじってきたのにちっともそんなことを考えたことがなかったのである。

この中でわたしの知っているギターは一本、白いエレキで、これはストラトキャスターというギターである。あとのは見たことあるのもあったけど、名前は知らない。だけど、美しい。手に取ってみたいと思った。男の子がギターに異様に夢中になるのが、初めてわかる気がした。

わたしは中古レコードを見にきたのだけど、レコードはショウウィンドウには置いてなかった。きっと店内のラックに納めてあるのだろう。

そしてこの店の看板は、ドアの上に取り付けてあった。横長の額縁、といったかっこうである。そしてその額縁の中に木製の板が入っていて、なんだか両国《りょうごく》国技館を思い出させるような太い筆の字体で、「しゑなん堂」と書いてある。読みは、「しえなんどう」か、あるいは「しぇなんどう」なんだろうが、古臭い「ゑ」の文字が使われている。オヤジの趣味なんだろうか。

さて、ドアを開けて中に入ると、まん前のカウンターの奥にオヤジがいた。

「いらっしゃい。どうぞごゆっくり」

オヤジはそう言って視線を手元に戻した。特にスゲえとも思えない。

かなり着古してインディゴブルーが相当明るい色に褪《あ》せたダンガリーのシャツを着て、頭には黒いキャスケット帽をかぶっている。この帽子もかなりの年代もののようだ。オヤジ本人も年代もの。ここは商品も店主もすべて中古品なんだ、と思ってちょっと笑ってしまった。オヤジはカウンターの上に置いたギターのメンテだか修理だかの作業にかかっているようである。

思った通り、レコードは右側の壁一面に取り付けた縦型ラックに納められていた。天板の高さは二メートルほどもありそうだ。ほとんどがＬＰレコードで、シングル盤はせいぜい百枚くらいだろうか。

わたしはまずそもそも来た目的を果たすことにした。つまり、ＣＣＲのレコードを探すことである。だがどこから探せばいいのかわからない。普通こういう店では、アーティストごとに、アルファベット順に並べると思うのだが、どこにもそのインデックスがない。一番近い区画の中を見てみたが、順不同というか、デタラメというか。

「あの」わたしはオヤジに呼びかけた。

「はい、なんでしょう」

オヤジは手元から目を上げずに言う。どうも、分解したギターの何かの部品をハンダ付けしているみたいである。

「探しているレコードがどこにあるかわからないんですけど」

「あるもんなら、探しているうちに見つかるんじゃないかねえ。ないもんならだめだろうけど」

「そりゃそうだろうけど、急いでるときはそれじゃ困るでしょ」

「お客さん、急いでるの？」

「特には急いでないけど」

「じゃあ、ゆっくり見ていってごらん。掘り出し物が見つかるかもよ」

「それは探してるものが見つかったあとで見てみたいです。ねえ、ＣＣＲって知ってます？」

「クリーデンス・クリアウォーター・リバイバルだな」

「知ってるんだ」

「そりゃ知ってるよ。大ファンだったもん」

ちょっと嬉《うれ》しくなった。

「いいですよね！　それで、そのCCRのレコードはどこですか？」

オヤジはハンダ鏝《ごて》を置くとカウンターの端《はし》を回って出てきた。

「このへんだったかな」

オヤジはラックの右端の列の上から三段目の区画に立てて置いてあるレコードを手早く繰るように探して、当のものを見つけ出した。

「今あるのはこれだけかな」

オヤジは五枚のLPをわたしに手渡した。思ったより重くて落としそうになる。そのアルバムは、以下の如《ごと》し。

《バイヨー・カントリー》、《グリーン・リバー》（あの名曲はもともとはこれに入ってたんだ！）、《スージー・Q》（〈アイ・プット・ア・スペル・オン・ユー〉はこれに入ってたんだ！）、《ペンデュラム》、そして《コスモズ・ファクトリー》。

「探してたの、この中にある？」とオヤジが聞いた。

「特にどれを探してた、とかいうのじゃなくて、どんなアルバムがあるのかな、と」

「あんたみたいな娘さんがLP探してるってのも、珍しいな。感心、感心」

「感心なんですか？」

「今はみんなCDとかスマホで聞くわけでしょ。レコードは圧倒的少数派だからね。だけど、あんた、レコードプレーヤー持ってるの？」

わたしは首を振った。

「レコード買うんなら、プレーヤーも買わなきゃね。プレーヤーだけなら一万以下で買えるよ。けっこう音もいい。それをアンプとスピーカーにつなぐんだ。わかるよね」

「そのくらいわかりますよ」

「それは別の店で買ってもらうとして、試聴してみる？」

わたしはうなずいた。「これ」

わたしが指定したのは、《バイヨー・カントリー》だった。最初の曲を聴いたとき（オヤジがB面の方から先にかけたことはあとで知った。オヤジの好みらしい）、またまた驚いた。〈ボーン・オン・ザ・バイヨー〉はものすごくカッコいい曲だ。これがわたしの持っているベスト盤のCDに入ってないのはおかしいと、オヤジにそう言った。

「この曲が大好きになった女の子は初めてだな。感心、感心」

わたしはさらにLPを二枚試聴させてもらった。それも、裏表。そして《バイヨー・カントリー》を買うことにした。

「ありがとうございました」

オヤジは、「しゑなん堂」という店のロゴのはいったビニール袋にレコードを入れながら言った。男前というのでも、渋い熟年というのでもないけど、不思議な人懐っこい魅力があるオヤジだと、その笑顔を見ながら思った。

「そのキャスケット、似合ってますね」

「ありがとう」

「ずっとそういうのかぶってるんですか?」

つい気楽にずけずけ聞いてしまう。

「若いころからだね。ほら、ジョン・レノン、ているでしょ?」

「ビートルズの?」

「そうそう。彼が若いころにこんな帽子をかぶってた。リンゴ・スターもね。リバプールは港町だから、向こうの船乗りはみんなこんなのかぶるのかと思ってた。あんたが言ったように、これ、キャスケットっていうんだってね。それは最近知った。日本じゃあ、もっぱら女の人が好んでかぶるみたいだけど、ぼくは流行《はや》るずっと前からかぶってるんだからね。真似《まね》したんじゃないよ」

わたしは左のショウウィンドウの下の端っこに貼ってあった貼り紙を思い出した。

「アルバイト、募集してるんですよね？」

「一応は」

「応募します」

「おやおや。あんまり給料だせないよ」

「いいです」

「客もあまりこないし、退屈するかもよ」

「いいです」

「あまりお勧めできないなあ」

「人を雇いたくないみたい」

「そういうわけじゃないんだけど。やることって、店番くらいだけどね。ぼくが昼飯食いに行きたいときとか、用事で店空けたいときなんかに、店員がいるといいなと思って、魔がさしたみたいに貼り紙したのが今朝《けさ》のことで、もう応募があった」

「しかるべき偶然の連鎖がこのような事態を招来せしめたんですよ、きっと」

「なに、それ。むずかしいこと言うね」

「実は心の中ではオヤジと呼んでたんですけど――」

「それはまた。まちがってはないけど」

「そのキャスケットで呼び名を思いつきました」

「ほう」

「レノンさん」

「それは嬉しい。けど、レノンファンが怒らないかな」

「そんなの、呼ばれたもん勝ちですよ」

「そうだろうかね」

「勤めは、大学が休みの日の午前十時から十六時まで、ということでいかがですか?」

「いいけど」

「店番してるあいだ、お店のレコードを試聴してていいでしょうか」

「いいよ。BGMも必要だからね」

「ひとつ質問です」

「なんだろう?」

「お店のへんな名前の由来。へんな文字使う理由」

「ああ、それね。音楽関係の店だと、なんとか堂、ってけっこうあるでしょ?」

「古臭い発想ですけどね」

「そうかな。で、何堂にしようかと思って考えたとき、すっと出てきたのが、シェナンドー川」

「どこの川ですか?」

「アメリカのバージニア州だかウェストバージニア州を流れてるんだって。そういうタイトルの歌もあるし、ほら、ジョン・デンバーの〈テイク・ミー・ホーム・カントリー・ロード〉って歌あるでしょ」

「それはオリビア・ニュートン・ジョンでしょ」

「ジョン・デンバーがモトなの。で、その歌の中に、この川の名が出てくるのよ。ウェストバージニア、ブルーリッジ・マウンテン、シェナンドー・リバーってね」レノンさんは意外といい声でちょろっと歌ってみせた。「そんなタイトルの映画もあったし」

「なるほど。だけど、あの〈ゑ〉の字は? あんなの、お母さんの古ーい雑誌かなんかの宣伝の文句でしか見たことがないですけど。なんとかゑのぐ、とかって」

「記憶力、いいな。あの字が昔から好きなの。る、みたいな形して、え、と読むんだもんね」

要するにレノンさんは、スゲえというよりへんなオヤジである。

（へんなオヤジのレノンさん（いまだに本名を聞かずにいる）は、一度は結婚していたことがあるそうだ。そういう個人的なことを根掘り葉掘り聞きだしたわけではなくて、その事実が向こうから近づいてきたのだった。偶然。

「あら、新しい奥さん？」と、本人は中年、周囲は老年と言いそうな女性の客が、入ってきてわたしの顔を見るなり言った。年が明けて間もなくのころだ。

わたしは思わず周りを見回して、新しい奥さんとはわたしのことかと合点した。

「違いますよ。とんでもない」

「あら、そう。奉公人の人か。どうりで。どこ行ったの？」と、黄色、白、灰色、青がデタラメに入り交じったショートヘアの女性は言った。赤いミニドレス、白いぼってりしたタイツに黒のブーツ、そして狐色の毛皮のショートコートという出で立ちだ。うんと昔の女性誌のグラビアに載っているような姿だ。服装のことで、着ている本人は含まない。

しかし、奉公人。いつの時代じゃや。「アルバイト店員です」

「いつ戻ってくる？」いにしえの婦人は言った。

「お昼食べて、それからお茶《ちゃ》の水《みず》の楽器店をのぞいてくると言ってましたが、お急ぎですか？」

「こんだけ古い楽器揃《そろ》えて、まだ他のが見たいのかね。相変わらず変わってるわ。急いでないから、また来る」女性はそう言って出ていった。

帰ってきたレノンさんにこの女性のことを報告した。

「来客がありましたよ」

「ほう？」

「グラビアみたいで、わたしのことを奉公人って。レノンさんのこと相変わらず変わってるって」

わたしは報告とかが苦手で、お前は舌足らずで言葉足らずなんだと、両親や教師たちによく注意されたものだった。

「ああ、あの人か」

「誰かわかるんですか？」

わたしがちょっとびっくり。聞く人が聞けば、わたしの報告だってちゃんと用をなすのだ。

「そんなこと言うのはあの人だろうと」

「どなたですか？」

「別れた奥さん」

「そうなんだ！　離婚してたんですか。すごい」

「別にすごかない。結婚はしてたけど、もう何年も前にあの人が離婚届持ってきて、名前書けって言うから、書いて渡した。それを役所に届けてるのかどうかは知らない。なにしろ、わからない人なんだ」

「変わってるんですね」

「うん。変わってる」

「別れの理由は？」厚かましく聞いてるなあとふと思うが、この人ならいいだろう、と思わせる感じがレノンさんにはある。

「ぼくがまともじゃなかったからだろう」

「どうまともじゃなかったんですか？」

「若いころから音楽とギターに夢中でさ、ほかのことに興味がなかった。だから、ずっと音楽やってたら、愛想をつかされちゃったのかな」

「音楽やってたって、ミュージシャンだった？」

「うん。バンド組んで活動してた」

「プロの？」

「あんたが思い浮かべるようなプロじゃなかったけどね。ほら、レコードとかCD次々に出して、テレビにも出て、雑誌にも載って、みたいんじゃなかった」

「じゃあ、どんな活動なの？」

「あれ、怒ってる？」

「興味があるときはこういう口調になるんです」

「いろんな店、パブみたいの、で料金とってライブをやる。ライブハウスやスタジオ借りてライブやったり。日本中のいろんなところでやったよ。いろんなところのお祭りに呼ばれたり。ほら、CCRの歌に、〈トラベリン・バンド〉ってあるでしょ。ああいう感じ」

「すごい」

「すごかないけど、楽しかった。もうからなかったけど楽しかった」

「どんな曲やってた？」

「最初のうちはオリジナルもやってたけど――」

「すごい。わたしも歌作るけど」

「すごい、ばっかだな。別にすごかない。大手のレコード会社と契約するにはオリジナルをやんなきゃって、思ってさ。だけど、やるにはやったけど、やってててめえが面白

「面白くない」

「面白くない？」

「うん。要するに、曲のできがよくなくなったんだろう。客の受けもさえなかったし。そのうちもうオリジナルはやらなくなって、カバーばっかやるようになった」

「どんなの？」

「六十年代から七十年代の前半くらいまでのロックだね。CCRもその時代のバンドだから、よくやった。彼らの曲は、やってて特に楽しかったな」

「そうよねえ」わたしは大きくうなずきながら言った。「ほかには？」

「ありとあらゆるの。もちろんビートルズもね」

「なにしろレノンさんだもんね。帽子はそのころから？」

「うん。そしてビートルズのライバルだったストーンズ」

「ストーンズ？」

「ああ、ローリング・ストーンズのこと」

「なら、そう言って。へんに略さない」

「わかった。それから、ジェリーとペースメイカーズとか、キンクスとか、ホリーズとか。アメリカのバンドもね。ドアーズとか。ああ、〈アメリカン・バンド〉って曲をやってたグランド・ファンク・レイルロードとか。ドラムが抜群にかっこいいんだよ。これはいつも受けたな」

「ふーん。で、レノンさんは何をやってたの？」

「何を？　ああ、パートか。ボーカルとギター」

「すごい」

「すごかない。そんなのいっぱいいるでしょ」

「リードボーカル？」

「うん。コーラスに回ることもあったけど、もっぱらリードボーカル」

「ギターはコードをじゃらん、じゃらん？」

「のときもあるけど、たいていリードギターだった」

「すごい。たいへんでしょ、それって」

「そう思われてるけどね、やってみると実はなんとかなるんだ。そんなプレーヤーって、けっこういるよ。ほら、ＣＣＲだってそうじゃん。ジョン・フォガティって、リードボーカルで、リードギターで、作詞して作曲して。あんな風になりたかったな。それから、あのジミ・ヘンドリックスとか、テン・イヤーズ・アフターのアルヴィン・リーとか、ロリー・ギャラガーとか。ジョニー・ウィンターとか。そもそも、ロックの神様、チャック・ベリーがそうだった」

「ゴー、ジョニー、ゴーの先生ですね、先ごろ亡くなった」

「そう。あの人のギターがまたかっこよかった。ベリーさんの曲もよくやったなあ。〈ジョニー・B・グッド〉、〈スウィート・リトル・シックスティーン〉、〈メイベリーン〉、〈メンフィス・テネシー〉」

「タイトル聞いただけで、かっこいいですね」

「だろ？　タイトルも曲の一部だからね。それでさ、そういう曲を、リードギター弾きながら歌うんだ」

「やっぱ、大変そう。わたしなんか、じゃらんじゃらんでも苦労してる」

「最初は大変だけどね、なれてくるとできるもんだよ。ベース弾きながら歌う人もいるでしょ。ポール・マッカートニーみたいにね。基本的には、それといっしょよ。もちろん、リードギターのフレーズのリズムと歌のリズムが全然違う場合もあって、そういうのは大変だけど、でもうまくいったときは、ものすごく気持ちいいんだよ。これはやめられんぞ、と」

「引退したのは？」

「明確に引退しましたってことはないんだけどね、仲間も離れていって、新しい仲間を探すのも面倒で。若い人たちとはセンスがまるで違ってたりするし。いつの間にかぼく一人になっていた。夢中になって遊んでいてふと気がついたら、日が暮れてて、ひとりぼっちになってて、冷たい風がびゅーっと吹いて、って感じかな」

「すっごいかわいそう」

「まあ、それが世の中なんだろうね。それで、奥さんが言うわけよ。どうすんだ、これからどうすんだって」

「今日来た人」

「うん。彼女は美容師で、ちょうど独立しようとしてた。で、こう言うんだ。わたしはこれから自分の店をやる、だからお金がかかる、一日中家にいて何もしないあんたの面倒まではみられないよ、どうすんの、って」

「なるほど。で、レノンさんはなんと？」

「今はわからない。そのうち何をするか思いつくだろって」

「頼りないわね」

「ほんとにね。でも、あのころはね、落ち込んでたんだな。何をする気も起きなくてね。なんか、オーティス・レディングの〈ドック・オブ・ザ・ベイ〉の男になったみたいな気がした。なんもしないで一日中波止場に座って船の出入りや波を見ているんだ。こんなわびしい歌はないね。大好きだけど。ギター弾いてるのは、スティーブ・クロッパーっていうギターマンだよ」と嬉しそうに言う。

「たしかにレノンさんは変わってますね」

「そうなのかな、やっぱり」

「それで奥さんが業を煮やして離婚届を持ってきた、と？」

「うん。ちょっと考えて、名前書いてハンコ押した」

「何を考えたんですか？」

「やっぱり、そうなんだろうなって」

内容のないことを考えたのだなと思ったが、そういう場面では人はあまり内容のあることを考えたりしないものなのだろう。

「それで、やっぱりなんかやらないといかんなあ、このままだと飢え死にするなあ、と考えて、自分の周りを見回した」

「ふむふむ」

「あらためてすごいとこに住んでたんだなあ、と思った。家具なんてほとんどなし。あるのはこれまで数えたこともないくらいな数のギターと、無数のレコード。ちょっとした地震でも下敷きになりそう。そうか、と思った。これを売ればいいんだ、と」

「なるほどねえ！」

「けっこう高価なギターが何本もあった。いつのまにこんなに集めてたんだろう、なんて思ったっけ。よほど愛着のあるのはよけといて、そういうギターをお茶の水なんかの中古楽器屋に売った。レコードも売った。知り合いに車借りてね、段ボール何箱も運んで売った。それで、まあ、そこそこの金が貯まった。それをもとにして、これを商売にしよう、と思ったわけ」

「それが〈しゑなん堂〉をやるきっかけだったんだ」

「そんなときかつての音楽仲間から、この商店街のことを聞いた。そこならそれほど金をかけなくても店が借りられるんじゃないかな、って。で、まあ、そいつの紹介でいろんな人に会って、お願いして、細かい経過はよく知らないけど、とにかくそれでうまくこの店が借りられるようになった。だけど、安く借りられると言っても、ぼくの手持ちの金じゃあ、全然足りない。そこで」

「どうしたの？」

「別れた奥さんのところにいって泣きついた。後生だからお金を貸してください、必ず返済しますからって」

「すると？」

「貸してくれた。もし返せなかったら、命をもらうからねって」

「本気かしら?」

「そうなんじゃないの。よくわからないけど。とにかくそれでこの中古の楽器とレコードの店を始められた」

「でも、店を始める前にすでにずいぶん売ったんでしょ? 商品が足りなくなりませんか?」

「だから、販売だけじゃなくて、商品の仕入れもするの」

「どうやって?」

「お茶の水やなんかの中古楽器屋さんとか、中古レコード屋さんで、掘り出し物を見つけ出して買うんだよ」

「それを再び売る?」

「自分が売ったレコードに幾度か再会したことがある」

「なにしてることかわかんないですね」

「そうやって世の中が回っていくんだろうね」

「そうなのかなあ」

「とか、あとネットのぞいて、これは、ってのを見つけ出したり」

「うん」

「定期的に地方出張していろんな中古屋さんとか、質屋さんとかも回るよ。それから、お客の持ち込みもあるよね。親が死んだので遺品のレコードを全部売りたい、とかね。なかなかいい商品があるんだよ。それから、このギター壊れたから買ってくれないかって、学生がきたり、プロのミュージシャンが、楽器を大量に売りにきたり。そんなのを買い取って、壊れてるのは修理したり、ふと思いついて改造したり」

「もうかりまっか？」

「ぼちぼちでんな。でもね、元奥さんからの借金はもう完済したよ」

「すごい。でも、それなら元奥さんは何の用事できたのかしら？」

「別れたあとも、ちょくちょく来るのよ。特に何の用ってことじゃなくて。ちゃんと商売やってるのか、心配して見にくるのかね」

「やっぱりお二人とも変わってますね」

実際、その数日後、元奥さんはまたやってきて、今度は店にいたレノンさんと話をして、と言っても、レノンさんが言ったように、特に何の話というのでもなくて、じゃあね、またね、で帰っていく。まるで気心の知れた旧友みたいな感じで。

ふと思った。奥さんが離婚届の書類を持ってきたのは、レノンさんにハッパをかけるためではなかったか、と。そして、結婚という形式は二人にはどうでもよくて、二人の間は少しも変わっていないのではないか、と。いいなあ、と。

店番の楽しみは、店内のレコードを自由勝手に試聴できることだ。わたしは次から次へと手当たり次第に古いレコードを聴いた。主に六十年代、七十年代のロックである。そして、はなはだ月並みな表現だけど、これらのロックが少しも古くなってない、どころか、現在のロックよりも、はるかにわたしの心を強く惹き付ける力があることを知った。ビートルズを始めとするイギリスのロックは特に。

「昔はそういうのをひとくくりにして、『リバプール・サウンズ』なんて呼んだんだよ」と、レノンさんは言った。「全部がリバプール出身じゃないけどね」

「もう半世紀も前の音楽ですよね。それがいまだにこんなに輝いているなんて」

「そうね、すごいことだよね。だけど、不思議でもなんでもない。モーツァルトはもっと前の人でしょ。だけど、ちっとも古くなってない。いまだにクラシックの王様だよ」

「そうなんですか?」

「ぼくが一番好きなクラシックの作曲家だって意味。そんでもってポール・マッカートニーは、二十世紀のモーツァルトなんだわね」

「そうなんだ」

「でも、そういうすごい人以外にも、いい音楽作る人はいて、そうだ、これ、聴いてみて」レノンさんはカウンターの奥の、特別陳列ケースから一枚のLPを取り出しながら言った。「いわゆるシンガー・ソング・ライターだね。ジュディ・シル、っていう女の子。二枚LP作って、三枚目の準備をしてるときに、オーバードーズで死んじゃった」

「オーバードーズ?」

「お薬のやり過ぎ、っちゅうことよ。このLPは二枚目の《ハート・フード》っていう1973年に出たアルバム。これはぼくが若いころ、やっぱり中古レコード屋さんで偶然見つけた。見つけたとたん、これは買わなくちゃ、と思った。理由はわからない。とにかくそう思って、買ったの。これはこの店に置いてあるけど、売らないよ。あんたにはただで聴かせてあげるけどね」

ジュディ・シルは、金髪で、お下げで、グラニーグラスをかけ、ボーダーのTシャツによれよれのデニムのシャツを羽織っている。このジャケットの写真のころは三十手前らしいのだが、傷つきやすい女学生みたいな雰囲気である。

とてもとても美しいアルバムだった。穏やかな、自然な歌声、ピアノやギターによるフォーク風の伴奏に、様々な楽器やコーラスがからまる。最後の曲、〈THE DONOR／ドナー〉が圧巻だ。今まで聴いたどの曲とも似ていない。「キリエ　エレイソン　主よわたしを憐《あわ》れみたまえ」という祈りの文句が、くり返されるのだが、それがうっとりするくらい美しい。

聴き終えたわたしにレノンさんは、「売らないよ」と、また言った。

他に、商品として置いてあるくせに売らないLPは、

クリフ・リチャード：《ラテン・ベスト！》（クリフは有名アーティストだが、このアルバムはとても珍しいそうだ）

ルー・クリスティ：《PAINTER OF HITS》（A面二曲目の〈Lita〉がいいんだそうだが、わたしはピンとこなかった。売ってくれても買わない）

デヴィッド・マックウィリアムズ：《DAYS OF PEARLY SPENCER　パーリー・スペンサーの日々》（A面の一曲目に入っている同名の歌が日本でもヒットして、レイモン・ルフェーブルのカバーもあるそうな。ちょっと変わった曲だな、と思った）等々。

ギターについても同じような品、つまり売りたくないのが置いてある。特に、古い国産のエレキにそういうのが多い。

六十代後半とおぼしき男性客との会話。

「これはあれですね、テスコですね」客は派手な彩色のヘンな形のギターをしばし眺めてしみじみ言った。

「はい、テスコです」とレノンさん。

「いいですなあ。値段がついてませんが？　売り物ではない？」

「はあ、できれば他のを選んでいただければ」

「こちらは、エルクですなあ」

「はい、エルクです。これは本家のフェンダーに負けないくらいのできです」

「これも値札がないということは？」

「ほかのフェンダーとかギブソンとかたくさん置いてますから、そちらを選んでいただければ」

「そういうのはすでに持っておるしなあ。お、これは珍しい。ボイスですな？」

「はい。よくご存じで」

「あのグループサウンズの名ギタリストが弾いてましたな。ものすごくいい音で」

「そうでしたなあ」とレノンさん。

「このころの日本製のエレキは、どうして、なかなかの銘器がありましたなあ」

「はい、おっしゃる通りです。だからその、手放したくなくて」

「わかります、わかります」

これでは商売にならない。

「また寄らせてもらいます」

「どうぞ。お待ちしております」


レノンさんからは、ロックという音楽そのものについてもいろいろ教わっている。簡単なコード進行で、どうしてあれだけ素敵な音楽が生まれるのか。リズムの不思議、シンコペーションの魔法。そしてギターを弾く際のさまざまなコツとかも。

模範演奏も、ときどきちょろっと聴かせてくれる。ノーエフェクトなのにとてもいい音のするアンプで。イギリス製の、コーンフォードとかいうアンプで、これも「売りたくない」んだそうだ。

ある日わたしはずっと思っていたことを言った。

「そうだ、わたしとギターデュエットのバンドやりませんか。週一くらいで何曜日かの夜に。椅子《いす》を幾つか適当に並べて。ちょっとした飲み物も出して。カフェ スルスやキッチン田中《たなか》から軽食デリバリーしてもらってもいいし。他にやりたい人がいたらその人にもやってもらって。ブティックかずさの息子さんもバンド組んでるみたいだし」

「そうねえ」

「名曲のカバーを。わたし、〈グリーン・リバー〉、エレキ弾きながら歌う」

「それ、いいねえ！」と、根っからのロックオヤジは目を輝かせて言ったのだった。

やがて始まる「しゑなん堂ライブ」である。

五軒目

『インドカレーママレード』

前川ほまれ

Homare Maekawa

Profile

前川ほまれ（まえかわ・ほまれ）

1986年生まれ、宮城県出身。看護師として働くかたわら、小説を書き始める。2017年「跡を消す」で、第7回ポプラ社小説新人賞を受賞し、翌年デビュー。他の著書に、『シークレット・ペイン　夜去医療刑務所・南病舎』（ポプラ社）がある。

視界に映ったスカイツリーは、ＳＦ映画に出てきそうな秘密基地にも見えるし、大きな細い傘が地面に突き刺さっているようにも見える。あの塔の内部から見たら、私なんて豆粒みたいな存在だろう。誰かが手を振っていたとしても、ここから見上げているうちは一生気づくことはないと思う。

「絵美《えみ》、プレート忘れんなよ」

店先に立つ私に聞こえるように、岳《がく》が声を張り上げる。私はママレードと店名の書かれたステンレス製のプレートをドアに引っ掛ける。その文字を見ても、以前のようなやる気は全く湧《わ》き上がってこない。電池が切れたリモコンのような身体《からだ》が、ただ意味もなく地面に立っているだけだ。

「今日も暑そう」

店内に戻り、岳にどうでもいい感想を告げた。鼓膜の奥にこびりついたアブラ蟬《ぜみ》の鳴き声が耳鳴りのように聞こえ、一瞬目眩《めまい》がした。

「カレー日和《びより》だな」

岳はそう感想を漏らすと、また手元の作業を続けた。厨房にある業務用の大きな炊飯器から白い湯気が上がっては、幻のように消えていく。

「またダメだったら、奥に引っ込むから」

「おう」

「昨日も言ったけど、やっぱりバイトを雇った方がいいんじゃない？」

「いいよ、絵美がいなくても上手《うま》くやるからさ」

岳の頑《かたく》なさに少しだけうんざりして、私はテーブル席とカウンター席を無言で拭《ふ》いて回った。ママレードがオープンして以来、店に立つ時に身につけているエプロンはくたびれている。オールドデリーの路地裏で買ったブロックプリントの生地を自分で裁断し、仕立て上げたものだが、所々プリントは薄くなって解《ほつ》れた短い糸が空中で揺れていた。でも、新しいエプロンに替える気力が今の私にはない。

しばらくすると入り口のドアに設置した鈴が鳴り、本日一人目のお客が店内に入ってくる姿が見えた。

「今日も暑いね。路面の照り返しがひどいよ」

うんざりした声を出しながら、慣れた様子で初老の男性がカウンター席に座った。顔は覚えているが名前は思い出せない。こんぺいとう商店街の寄合でいつか会った人だろうか。私は無理やり笑みを浮かべながらお冷を差し出した。顔面の皮膚が干からびたベーコンのように硬くなっている。この先、自然に笑うことなんて出来ないような気がした。

「ほんと暑いですよね」

「ああ、今年は猛暑らしいね。熱中症に気をつけないと」

「ええ、水分をマメに取らないといけませんね」

こんな世間話でも、水中で会話しているような息苦しさを感じる。私は正気の振りを続け、やるべきことに徹した。

「ご注文はお決まりですか？」

「うーん。ベジタブルカレーにするかな。この前はチキンカレーにしたし」

「トッピングの追加はありませんか？」

「うん。大丈夫だよ」

「かしこまりました」

カウンターの中にいる岳に、記入した伝票を渡す。すでに火にかけたフライパンの上で、一欠片《ひとかけら》のバターが溶けていた。

「三番さん、ベジタブルカレーです」

いつの間にか息を止めていた。バターの仄《ほの》かに甘い香りを嗅《か》ぐのが、以前は好きだったのに。

正午を過ぎると、テーブル席二つと、カウンター席六つのこぢんまりとした店内は満席になった。お客が一人出て行くと、計ったように新しいお客が足を踏み入れる。いっそ派手な行列でもできれば、テレビや雑誌に紹介されたりするんだろうか。

「チキンカレーちょうだい」

そう声が聞こえて窓際のテーブル席を見やると、汗でワイシャツが背中に張り付いたサラリーマンがスマホに目を向けていた。私は慌てて、お冷を運ぶ。

「お待たせ致しました。チキンカレーですね？」

スマホから目を離さずに、サラリーマンが面倒くさそうに頷《うなず》いた。

「トッピングの追加はありますでしょうか？」

「チーズ、それとパクチーも」

「かしこまりました」

無愛想な態度に胸の奥がチクリと痛んだが、昼時ぐらい気を抜きたいんだろう。余計なことを考えずに伝票にペンを走らせようとして、手が止まった。不意に見えたスマホの画面には、甚兵衛《じんべえ》を着た小さな子どもが笑っていた。夏祭りにでも行ったのだろうか、遠くの方に櫓《やぐら》が見える。

「チーズと……」

身体の内側が濁《にご》っていく。そうとしか言えない感覚が瞬時に広がった。いつまでも席を離れない私を不思議に思ったのか、サラリーマンが顔を上げた。

「何？」

「えっと……チーズと……」

「パクチー」

「パクチー……とチーズトッピングのベジタブルカレー」

「チキンカレーだって」

もう今日はここまで。私は謝罪もせずに厨房に向かい、岳に伝票を渡した。

「ごめんね。今日もダメみたい」

彼の表情を見ずに、厨房を横切って自宅につながるドアを開けた。フライパンの上でカレーが煮詰まる香りが、薄汚れたエプロンに染み込んでいく。

畳の上に仰向けになってから、ずっと天井を見つめていた。喉《のど》はカラカラに渇いているのに、麦茶を取りに台所に行く気力はない。

「クミン、ナツメグ、コリアンダー、チリ、シナモン、カルダモン、サフラン……」

うわ言のように、岳が作るカレーに使われているスパイスの名前を繰り返した。新婚旅行で行ったオールドデリーの風景が脳裏を過《よぎ》る。ドミトリーやカフェの看板が上空にひしめき、すれ違う多くの人々からは嗅ぎ慣れない体臭を感じた。道路も狭く、一本路地に入れば普通に牛が闊歩《かっぽ》し、色黒の男たちが怪しく声をかけてくる。屋根のない露店で食べたパイナップルは渋く、カフェのテラスではバックパッカーが地図を広げていた。終わりのない喧騒《けんそう》の中を汗を垂らしながら私たちは歩いた。そんな異国の地で、不思議と不安にも迷子になったような気分にもならなかったことを覚えている。今、あの混沌《こんとん》とした街並みに身を置けば、何故《なぜ》か正気を保てるような気がした。

「絵美」

カレーの香りが鼻先をくすぐったと思ったら、和室の襖《ふすま》の前に岳が立っていた。

「あれっ、お店は？」

「もう、中休みだよ」

掛け時計を見ると十四時半を過ぎていた。私は気づかないうちに、何度スパイスの名前を繰り返していたんだろう。

「さっきはごめんね」

「いいよ、一人で客はさばけたから」

ちゃぶ台の上に、氷が入ったチャイが静かに置かれた。柔らかいクリーム色の液体からは微《かす》かにシナモンの香りがする。

「水分を取らないと、バテるよ」

「ありがとう」

上半身を起こして、周りに水滴が滲《にじ》んだグラスを手に取った。口に含むと、シロップの甘さとミルクの濃厚なコクがカルダモンの爽やかな香りと共に広がった。岳は北インド式のチャイを好む。私には少し甘すぎる味だ。

「岳は何か食べたの？」

「ご飯を少しと漬物」

「それだけじゃ、お腹空くんじゃない？」

「この暑さでカレーを六十皿近く作ったら、食欲は失せるさ」

私はチャイを半分残し、再び畳の上に横になった。すぐ隣で、岳が胡座《あぐら》をかく気配を感じた。

「いつまで続くんだろうな、この猛暑」

「さあ、でもインドの暑さよりマシじゃない？」

「確かにな。ああ、また行きたいなインド」

中古で買ったエアコンが埃《ほこり》っぽい風を撒《ま》き散らしながらカタカタと鳴る。今頃誰かが撒いた打ち水で、こんぺいとう商店街の路面は湿っているだろう。

「いつでも行けるじゃない。治安も、時間も、場所も、タイミングも関係なく。どこにでも。だって二人だけなんだから」

「また、絵美はそんなこと言って」

いつの間にか私は上半身を起こして、岳を睨《にら》みつけていた。ちゃぶ台の上に載ったグラスに夏の光が反射している。

「そんなことって、何?」

私の冷たい声を聞いて、岳が視線を合わせずに無精髭《ひげ》を撫《な》でた。二ヶ月前の光景が、断片的に脳裏に蘇《よみがえ》る。

「男の人はいいよね。実感がなくて。つわりの気配も、長いクリニックの待ち時間も、冷たい処置台の感触も知らないんだから」

伏し目がちに黙り込んだ岳の姿を見ても、何も思えない。私はいつからこんな捻《ひね》くれた女になったのだろう。そう思うのに言葉は止まらない。

「商店街ですれ違うベビーカーを見て、岳は何も思わないでしょ? 見たくもないのに、目で追ってしまう私の気持ちなんてわからないよね？　その度に母親になり損ねた女って、レッテルを貼られるような気がするのよ！」

「被害妄想だよ。誰もそんなこと思ってないって」

「でも思っちゃうの！　結局、岳にとってはエコー写真数枚分程度の実感しかないんだ。だから平気でカレーなんか作り続けることが出来るんだよ」

返事の代わりに、岳が小さくため息をつくのが聞こえた。我儘《わがまま》な人間に呆《あき》れているようなその仕草に、カッと頭に血が上る。

「岳はいいよね。だってお母さんの記憶がないんだから。母親がどんな風に子どものことを愛するか知らないんだもの」

伏し目がちだった岳が顔を上げた。その眼差《まなざ》しを見ていると、身体中の血液が錆《さ》び付き、後悔する気持ちが強くなっていく。どうして気持ちと裏腹な言葉を吐き出してしまうんだろう。言っていいことといけないことの区別がつかなくなってしまうほど、おかしくなっている。

「そうかもな、記憶に無ければいないのと同じだ」

謝らなければと思うのに、私の口は縫い合わされたように開かない。

「夜の営業も、俺一人で大丈夫だから」

そんな声とともに、静かに襖がしまった。私は自分を責めながら再び仰向けになり天井を仰ぐ。居心地が悪くて何度か寝返りを打つと、ママレードがオープンした日に撮った記念写真が、マンゴーウッド製の写真立ての中でくすんで見えた。その中の二人は笑っている。どうしてか、見知らぬ他人のように見えてしまった。

何度か目をこすってから、ゆっくりと立ち上がり写真立てを伏せた。停止した過去を見つめたって、現在が変わるわけじゃない。

写真立ての横には、小さい馬の木像が飾られている。ガンジス河のほとりで長い髭を蓄えたサドゥから買ったものだ。一目でハンドメイドとわかる品物で、色の塗り方も雑だ。インドでは子どもの健康を祈り、よく家庭に飾られていると、髭面のサドゥは悠長に語っていた。

「嘘《うそ》つき」

私は再び畳に横になると、ゆっくりと瞼《まぶた》を閉じた。

岳と出会ったのは六年前の夏だった。当時私は製薬メーカーの営業をしていて、タイトなスーツに身を包み、大学病院から地方の民間病院まで駆けずり回る忙しい日々を送っていた。給料は悪くなかったが、そんなことを忘れてしまう程に理不尽なノルマに忙殺され、自分自身の何かが砂時計の砂が落ちるように、刻一刻と失われていく実感を覚えながら生活をしていた。

医者への営業のタイミングは、忙しい彼等が病棟内を移動する時間だけだった。それはほとんどが一分か二分程度で、ひどい時には数十秒しかない。入社した当時先輩から「十五秒で振り向かせろ。そうじゃないと、お前は空気になっちまうぞ」とアドバイスを受けていた。

一応アポイントは取っているが、いつ現れるかもわからない医者を院内の廊下でただひたすら待つ。彼等の心証を考えると座って待つことができず、直立したまま何時間も待つなんてザラだった。姿が見えたら何度も頭を下げながら近づいていく。もちろん彼等は「待たせたね」なんて言わない。それが当たり前だから。

その日は真夏の炎天下に、医局に続く渡り廊下で外科医を待っていた。最初は何か悪いことをして廊下に立たされた学生みたいだと自嘲《じちょう》する余裕があったが、エアコンもない屋外で何もせずに立ち尽くしていると、数分もしないうちに汗でシャツが滲んだ。一時間程してやっと姿を現した外科医は、私に気づいても立ち止まる気配はない。汗で崩れた化粧を直す暇もなく声を掛けると、外科医は最終的には小蠅《こばえ》を追い払うように手を振り、「邪魔。それにしてもひどい顔だな」と吐き捨てた後、医局の中に消えていった。

その瞬間に張り詰めていた糸が切れた。私は頬《ほお》を伝う汗なのか涙なのかよくわからない液体を拭《ぬぐ》うこともせずに、営業先を後にした。社用車が停めてある駐車場に向かい、乗り込んでからもしばらくはエンジンキーを回すことができなかった。いっそ、クビにでもなった方が楽かもしれないと思いつつも、今後の生活を思うと現実的な考えが過る。結局、逃げる決意も立ち向かう勇気もない自分自身が惨《みじ》めだった。何度も頭を下げて、愛想笑いを浮かべることしか当時の私にはできなかった。

「これが社会人だから……」

そう呟《つぶや》きながら、真夏の太陽で熱くなったハンドルにしばらく顔を埋めた。

夜になっても空気の抜け切ったボールのような気持ちは変わらなかった。細々したデスクワークを済ませ、家路に就いたのは深夜。その日は朝からほとんど何も食べてはいなかったのに、不思議と空腹は感じなかった。でも、カクテル一杯でも飲んで気分を変えないと上手く眠れない予感がして、当時よく行っていたバーに向かった。

木製のドアを開け店内に入ると、嗅ぎ慣れないカレーのスパイシーな香りが鼻先をくすぐった。不思議に思いながらカウンター席の端《はし》に座ると、顔馴染みのマスターが口髭を撫でながら言った。

「絵美ちゃん、カレー食べない？　流しのカレー職人が来てるんだ」

「流し？」

「色んなお店を、渡り歩いているらしいよ」

マスターの視線の先には、見慣れない男性がカウンターの中で佇《たたず》んでいた。それが岳だった。まだ、はっきりと覚えている。デニムのエプロンに古着っぽいTシャツを着た彼は、少し俯《うつむ》き加減でフライパンを丁寧に洗っていた。夜の社交場では、かなり浮いている存在だった。

「開店資金を貯めるために頑張ってるんだってさ。彼が作るカレー食べてみなよ。本当に美味《うま》いよ」

食欲はなかったが、あまりにマスターがしつこく勧めてくるため、根負けして小さく頷いた。私のオーダーが入ると、岳はフライパンを火にかけた。カウンター席からは、調理過程が鮮明に見える。ぼんやりと彼がカレーを調理する姿を目で追った。慣れた動作で小瓶に入った様々な色をした粉末のスパイスを、フライパンの中に投入していく。その姿は、絵本に登場する魔女が、大鍋《おおなべ》で得体の知れないスープを煮込んでいる様に似ていた。

差し出されたのはチキンカレーで、橙《だいだい》色のルーに向日葵《ひまわり》色をしたサフランライスが鮮やかだった。チキンは小ぶりだが、表面に焼き目が薄《うっす》らとついていて香ばしそうだった。立ち上る湯気を嗅ぐと眠っていた食欲が目を覚まし、早速口に含んだ。それからは、スプーンを運ぶ手が止まらなかった。複雑なスパイスの香りと独特な旨《うま》みが混じりあい、それらが身体の奥に染み込んでいく。馴染みのないスパイスが使われているのに、自然と受け入れることができる優しいカレーだった。

「間借り営業ってやつです。来週は新宿《しんじゅく》のバーで、再来週は千駄ヶ谷《せんだがや》のカフェにいます」

夢中でカレーを頬張る私に、一枚の手書きの紙切れが差し出された。そこには日付と様々な店名が記されていた。どこも聞いたことがなく、個人店だった。

「本当に美味《おい》しいです。このカレー」

私の素直な感想を聞いて、岳が恥ずかしそうに微笑《ほほえ》んでから言った。

「スパイスをふんだんに使っているインドカレーは、香りが強い出来たてが一番美味しいんです。日本のカレーとは違います」

岳の切れ長な目を一瞬見てから、差し出された紙切れを丁寧に手帳に挟んだ。カレーのスパイスのせいだけじゃなく、身体の奥が温かくなっていたことを覚えている。

それから、岳が間借り営業させてもらっているお店には必ず一度は顔を出した。もちろんカレーが美味しかったということもあるけれど、それだけじゃなかった。私はわざとゆっくりカレーを食べ、調理の邪魔にならないようにタイミングを見計らって、様々な話をした。好きな映画や小説のようなライトなものから、仕事に対する不満なんかもスパイスの香りと共に吐き出した。

「岳さんが作るカレーを食べていると、ちょっとだけ嫌なことを忘れられます」

「お世辞が上手いねって言いたいところだけど、絵美さんの表情を見ていると嘘ではないらしいね」

「え？　私どんな顔してます？」

「喩《たと》えるなら、ディヤを水面に浮かべている人たちの表情に似ているかな。みんなリラックスしていて目元が優しいんだ」

「ディヤ？」

「花びらが添えられた灯明皿《とうみようざら》のことさ。それぞれの願いを込めてガンジス河に流すんだ。ディヤの行方《ゆくえ》を眺めながら、大体の人は微笑んでいるよ」

「カレーを食べながら微笑んでる私って……変な人じゃないですか？」

「そんなことないさ。絵美さんがカレーを食べながらニヤついている顔を見ていると、なんだか俺も口元が緩むよ」

頬が熱を帯びるのを感じ、誤魔化《ごまか》すように俯いてしまった。岳は徐々に自分のことを話すようになり、カレーのスパイスを勉強するためにインドに二年間も暮らしていたことや、将来的には下町で店舗を構えたいと思っていることを知った。それに彼が生まれてすぐに、母親が交通事故で亡くなり、一緒に過ごした記憶がないことも話してくれた。

「インドって、電車から溢《あふ》れるぐらい人が乗車するんですよね？　それにスリやひったくりも多いって聞いたことがあるし、治安が悪そう」

「電車を乗り降りするときは命がけだよ。治安は日本と比べると良くはないかな。俺も一度大切なものを盗まれてさ、本当に嫌いになりかけた。でも、自由な国だよ。俺はガンジス河が全てを洗い流してくれるって思ってるしね」

「やっぱり沐浴とかしたことあるんですか？」

「何度かね。でも、ゴミや生活排水が流れていて汚かったな。近くに火葬場があってさ、遺灰を流してるし」

「えー、想像しただけでも、鳥肌が立っちゃいます」

「でもインドは素敵な場所が沢山あるんだ。例えば西部にあるジャイサルメール。夕暮れに高台から街を眺めているとね、ターメリック色の風が吹いているのが見えるんだ」

「私がインドに行ったことがないからって騙《だま》してるでしょ？　風は透明じゃないですか」

「嘘じゃないさ。ジャイサルメールにある建物はほとんど黄砂岩製で、砂漠の真ん中にある街だからね。夕暮れには光の加減で、全てが黄金に見えて綺麗なんだよ」

そんな岳との何気ない会話が好きだった。いつからか店以外でも会うようになり、付き合って三年で入籍をした。それを切っ掛けに私は仕事を辞め、二年前にこの商店街で念願の店舗を構えることが決まった。元々は不動産会社だった建物を、一階は店舗、二階は住居に改築し、店の内装はインドのジャイプルで泊まったゲストハウスを参考に、アットホームで温かみのあるスタイルにした。

まだ改装中の店舗を見ながら岳がポツリと言った。

「ママレードって店名にしようかと思うんだ」

「なんか、甘すぎる店名じゃない？　もっと一目でインドカレー屋ってわかる方が良いんじゃないかな？　例えば『スパイス』とか、『オールドデリー』とか」

私の返事を聞いて、岳が微笑んだ。

「ママレードが良いんだ」

呟くような声に、頑なさが滲んでいた。私は自然と岳の手を握った。

「ま、岳の作るカレーは美味しいから、どんな店名でも大丈夫か」

あの頃は新しい日々に向けて、両手に溢れるほどの期待を持て余していた。全てが上手くいくような万能感を微かに覚え、お互いにわざわざ言葉にしなくても伝わる幸福を感じていたような気がする。でも、平凡な日常がどれほど焦げ付きやすくて、続けていくことが難しいか、今の私はわかる。

いつの間に眠っていたのか、目を覚ますと窓の外には夜の闇が広がっていた。時刻は二十一時を回っていて、岳がシャワーを浴びる音が遠い夕立のように聞こえる。私は伏せた写真立てをそのままにし、カーテンを閉めた。満たされない空洞を抱えたまま、今日という一日が終わる合図のように、カーテンのレールがシャッと鳴った。

岳の夕食を作らなければと思いながら、まだ寝起きの頭を抱えて台所に向かう。冷蔵庫には卵とひき肉が残っていたから、簡単なチャーハンならすぐにできる。それに昼間に言ってしまった酷《ひど》いことを一言でも謝らないといけない。

様々なことを考えながら台所に入ると、ダイニングテーブルの上に大量のバーモントカレーの固形ルウが積み重なっていた。どれも封は切られていない。岳はいつも何種類かのスパイスを使いカレーを作るから、固形のルウを見たのは久しぶりだった。

「あっ、起きた?」

私が大量に積み重なったバーモントカレーの固形ルウを見つめていると、バスタオルを肩に掛けた岳が現れた。

「これ、どうしたの?」

「スーパーで買ってきたんだ」

「そういうことじゃなくて、なんで固形ルウがこんな大量に……」

岳はバスタオルで髪の毛を乱暴に拭くと、なんでもないように言った。

「今週から日曜日のお昼だけ、子ども食堂として営業しようと思うんだ。カレー一皿五十円。手書きだけど張り紙は店先に貼っておいた」

一瞬、頭の中が真っ白になった。この人は何を言っているんだろう。私が返事をしないでいると岳が話を続けた。

「儲《もう》けなんてないと思うけどさ、週一回のお昼だけだし、それに提供するカレーはフライパンじゃなくて寸胴《ずんどう》を使って、固形のルウで作ろうと思ってる。だから提供時間も短縮できると思うんだ。絵美も大丈夫そうなら手伝ってよ」

得意げに話す岳を見つめながら、頬に氷でも押し付けられたような心地がした。昼間のことを謝ろうとする気持ちは綺麗に消え失せ、身体の奥から怒りの気泡が沸き上がってくる。

「なんでこのタイミングで子ども食堂なんてやるの?」

「ずっと考えていたんだ。居酒屋やレストランなんかでも、時間を決めて子ども食堂として安く料理を提供している所もあるらしいし、一般家庭やコミュニティセンターなんかでも開いてるって。ウチのポストにも以前、チラシが入ってたじゃん」

聞けば聞くほど、胸の奥は冷たくなっていく。ひとしきり岳が喋《しゃべ》り終わると、私は静かな声で言った。

「やっぱり岳は、私の気持ちなんか一欠片《ひとかけら》も理解していないんだね」

今度は岳が黙る番だった。私は積み重なったバーモントカレーのルウと彼を交互に睨みつける。

「昼間も言ったよね？　ベビーカーが視界に入るだけでも嫌なの。子どもの声なんて聞いたら、もっと心がぐしゃぐしゃになっちゃうよ！」

私の剣幕に一瞬岳が目を丸くした。居心地が悪くなったのか、肩に掛けたバスタオルで顔を隠すように髪の毛を拭き始める。私は苦い唾《つば》を飲み込んでから、喉元に力を入れた。

「自分の子どもをダメにしちゃったんだから、他人の子どものことなんて考えられるわけないじゃない」

そう言い終わってから、ふと思い出す。流産が発覚した当日も、岳は「仕方ないよ」

とだけ言って、いつものように店を開けカレーを作っていた。この人は生まれてくるはずだった我が子のことなんて本当は興味がなかったのかもしれない。自分の子どものことをちゃんと考えられなかった自覚があるから、罪滅ぼしのつもりで、子ども食堂なんて思いついたんだろう。そんな的外れな優しさは、真夏の夜を寒々しくさせる。

「でも、俺やるから」

岳はそれだけ告げると、寝室の方へ消えていった。その姿を見送った後、私は置いてあったバーモントカレーの固形ルウを全てゴミ箱に投げ込んだ。

日曜日の朝、私たちは一言も口を利かなかった。岳は宣言通り一人で子ども食堂を開催するようで、一階の厨房からはいつもとは違うカレーの香りが漂っていた。複雑なスパイスの香りではなく、家庭の食卓に上るカレーの香り。ランドセルを背負いながら家路を急いだ、いつかの下校途中の夕暮れをなんとなく思い出してしまう。

私は二階の和室で、テレビを点けっ放しにしながら天井を仰いでいた。写真立てはあれ以来伏せられたままで、岳はそんな小さな変化に気づいてはいないようだった。

十二時を過ぎると、いつもとは違う賑《にぎ》やかな声が一階の店舗から聞こえ始めた。声変わりの始まっていない子どもたちの声は、二ヶ月前の私なら微笑みながら愛おしく聞いていただろう。でも、今は自分の耳をガムテープで塞《ふさ》ぎたい気分だった。そうする代わりに、テレビのボリュームを上げる。こんな惨めな思いをするのも全部あのカレー馬鹿のせいだ。

窓から入り込む光を避けながら、見たくもない情報番組をぼんやりと見続けた。時折、タイミング悪く子どものはしゃぐ声が聞こえると、針に刺されたように鼓膜の奥に痛みが走る。

ガンジス河が全てを洗い流してくれるって思ってるしね。

いつか聞いた岳の言葉がふと思い浮かんだ。あんな濁った河に入ったって、余計汚れるだけだ。世界は広いといえども、そんな都合の良い場所なんて存在しない。ある種の悲しみは一生背負って生きていかないといけないことを、こんな狭い和室の片隅で実感する。

寝返りを打った瞬間に間違ってリモコンを背中で踏んでしまい、爆音で鳴っていた画面が消えた。慌てて、再度リモコンを手に取ったが、タイミング悪くはっきりと乳児の張り裂《さ》けんばかりの泣き声が一階から聞こえた。

一気にあの時のことがフラッシュバックする。自分の番号を告げる電光掲示板、微かな消毒液の臭い、白黒のエコー画像を見る医者の横顔、聞きなれない稽留《けいりゅう》流産という言葉、慰めるような看護師の眼差し、会計時に手が震えて財布からお金を出せない自分、待合室で新生児を抱いた幸せそうな人々。

「もう、勘弁してよ……」

私は勢いよく立ち上がり、押し入れの襖を開けた。ダニ予防のケースから厚い掛け布団を取り出すと、すっぽりと頭から被《かぶ》った。すぐに視界が闇《やみ》に包まれ、自分の荒い呼吸が反響する。額には汗が滲み始め、とにかく息苦しい。数週間だけ私のお腹にいたあの子も、消えてしまう前はこんな感覚だったんだろうか。少しだけ塩辛い液体が唇を濡らし、それはどうやっても止めることができなかった。自然と全てを忘れるように目を閉じる。辺りに感じる暗闇が私の輪郭を溶かしていく。

背中を濡らす汗と、階段を上る足音で、ゆっくりと意識が戻り始めた。瞼を開けてみても視界は真っ暗だ。布団を被ったままだからだと気づくと同時に、眩《まばゆ》い光が広がった。

「何やってんの？　絶対、暑いでしょ？」

布団を引き剝《は》がした岳が覗き込んでいた。着ていたTシャツは汗で濡れていて、ひどく口の中が乾いていることに気づく。

「もう、店は閉めたよ」

「そう……」

私は短く返事をすると、岳の顔を見ないように、何度か目をこすった。

「絵美に食べてもらいたいカレーがあるんだ」

視界が元に戻ると、岳が真っ直ぐに私を見つめていた。

「お腹空いてないんだけど」

「それでも、食べてもらいたいんだ。一口でいいから」

なんの相談もなしに子ども食堂なんて開いて、挙句に空腹でもないのにカレーを食べろと強要するなんて勝手過ぎる。もう一度強く拒絶しようとした瞬間、岳の強張った声が聞こえた。

「絵美と話がしたいんだ。少し昔話になると思うんだけど」

岳はそれだけ言うと、私の返事を待たずに踵《きびす》を返した。その後ろ姿を見つめながら、乾いた唇を舐《な》めてから、小さな声を出す。

「汗が酷いの。シャワーぐらい浴びさせてよ」

私の返事を聞いて、振り返らずに岳が頷く姿が見えた。

シャワーを浴びて、Tシャツを着替えてから厨房のドアを開けた。すでに岳はフライパンを火にかけていて、溶け出したバターの香りが洗いたての髪の毛に絡まっていく。

私は無言でカウンター席に座った。視線の先には昼間の営業で飛び散ったカレーの跡が小さく固まって残っていた。

「今日、俺に弟子入りをしたいっていう面白い子がいたんだ」

玉ねぎを炒める香りに乗って、岳の平淡な声が聞こえた。今作っているカレーはいつも提供しているものとは違う。

「なんかさ、離れて暮らす母親に会うからカレーを作ってあげたいんだって。その子はトマトが嫌いなんだけど、トマトカレーの作り方を教えてくれってさ」

「……トマトが嫌いなら、トマトカレーなんて作らなきゃいいじゃない」

「俺もそう思ったよ。でも、生は苦手だけど、カレーにすれば食べられそうだからって言ってたな。久しぶりに会う母親にトマトを食べられるようになった姿を見てもらいたいらしい。俺、そんな話を聞いてさ、帰り際にレシピを書いた紙を渡しちゃったよ」

フライパンから油の爆《は》ぜる音が店内に響いた。多分、鶏肉でも追加したんだろう。私の気持ちを無視して、薄っぺらい達成感に浸る岳を冷めた目で見つめる。

「良かったじゃない。見ず知らずの子どもに優しくできて」

私のそんな冷たい一言を聞いても、岳の表情に変化はない。額に汗を滲ませながら、具材を炒め続けている。

「その子が、レシピのお礼にいつも持ち歩いているハンカチを見せてくれたんだ。母親がプレゼントしてくれたものらしくてさ、ツバメの刺繍《ししゅう》がしてあった。綺麗だったよ」

「だから、何？　そんな話を聞いて、私はなんて返事をすればいいの？」

そう言い放つと、カウンター席から立ち上がった。延々と続きそうな無駄話に付き合っているほど暇じゃない。二階に戻ろうとする私を引き止めるように、岳の呟く声が聞こえた。

「俺の場合は、爪切りだった」

岳はそれだけ告げると、炒め終わった具材が入っているフライパンに水を入れた。その視線はずっと遠くを見ているようだった。

「何言ってるの、お母さんは岳が生まれてすぐに交通事故で……」

「それは嘘。本当は八歳の時までは一緒に暮らしてたんだ。でもある日、男作ってどっかに消えたけどね。まるで、この湯気みたいにさ」

岳は笑顔で、フライパンから立ち上る湯気を指差した。私には無理やり笑顔を作っているようにしか見えなかった。

「なんで、教えてくれなかったの？」

「だって、恥ずかしいじゃん。俺、実の母親に捨てられたんだぜ。だから正直には言えなかった」

フライパンの中が煮立つ音を聞きながら、何も返事ができなかった。そんな私を気遣ってか、岳が妙に明るい口調で続ける。

「俺、子どもの時は自分で上手く爪を切れなかったんだ。だから、母さんがいつも切ってくれてた。あの人が消えてから、スゲーむかついたり、恨んだりすることもあったんだけど、何故かその爪切りは捨てられなかったんだ。百均で買ったような安物で、刃が錆び付いても」

「でも私、そんな爪切り使ってるの見たことないけど……」

私の呟く声を聞いて、岳は再び笑みを浮かべた。その表情は先程と違い、本当に楽しそうだった。

「インドに行った時、盗まれたんだよ。爪切りが入っていたポーチごと。今頃、ガンジス河の底にでも沈んでるかもな」

いつか話していた、インドで大切なものを盗まれたという台詞《せりふ》が蘇った。岳はそれからコンロの火を止め、バーモントカレーのルウをフライパンに投入した。すぐに家庭的なカレーの香りが店内に漂い始める。

「こんなこと言っても説得力がないかもしれないけど、ずっとカレーは嫌いだったんだ。それが今じゃ、毎日カレーを作ってる。人生って不思議だよな」

「嘘でしょ……？　好物だからカレー屋をオープンしたんだと思ってた」

岳は少しの間、何も言わずにカレーを掻《か》き混ぜていた。今まで何度も繰り返してきたその動作は、なんとなく素人《しろうと》のそれとは違う。

「母さんが出て行った日にさ、俺が学校から帰ってくると鍋一杯のカレーが作り置きしてあったんだ。いつもより何倍も多い量でさ、まだ温かくて、表面のルウも固まっていなかった」

岳はそれだけ言ってから、言葉を詰まらせた。私は何も言わずに、再び彼が話し始めるのを待った。辺りに漂うカレーの香りが、毛穴から身体の奥に染み込んでいくのを感じた。

「カレーの香りを嗅ぐたびにさ、いちいち思い出してたんだよ。もうちょっと早く学校から帰っていれば、母さんは俺のことも一緒に連れてってくれたのかなって」

岳は初めて手を止め、真っ直ぐに私を見つめた。

「親父から母さんが死んだらしいって聞いたのは、俺が二十歳《はたち》の時。正直全然悲しくなかったんだけど、家に帰ってからふと思い立って、初めてカレーを作ってみたんだ。でも、なんか違うんだよ。コレじゃないっていうか、何か足りないっていうか……それから、馬鹿みたいに毎日レシピ本と睨めっこしながらカレーを作ってさ、ある日、ちょっとした隠し味を入れたら、求めていたカレーができたんだ。結局、その味は子どもの頃に食べていた、母さんのカレーだった」

「美味しかったの……?」

「うーん。正直味はそこまで。思い出補正ってやつ。なんか人間って単純だよな、あんなにカレーも母さんのことも嫌いだったのに……結局、俺はマザコンだったんだって気づいたよ」

岳は自嘲気味に笑った後、ジャイプルの露店で買った白い皿に、ご飯をよそった。その手つきを見ているだけで、忘れていた空腹が蘇る。いつも作るカレーよりトロッとしたルウをかけると、私の身体が全力でそのカレーを求めているのを感じた。

「煮込みは甘いけどさ、美味しいと思うよ」

カウンターに出来たてのカレーが差し出された。立ち上る湯気の向こう側で、岳が微笑んでいる。

私たちは自然と窓際のテーブル席に移動し、向かい合って座った。早速、目の前では岳がカレーを頬張っている。私は白い皿に盛られたカレーをしばらく無言で見つめた。

「食べないの？　やっぱ腹は減ってない？」

私は小さく首を振った。口の中には唾液が溢れ、深い井戸のような空腹を感じているが、スプーンに手は伸びない。

「今の私といても、幸せじゃないでしょ？」

夏の日差しがテーブルの上に意味のない陰影を描き出している。喉の奥から溢れ出した言葉は影さえ描けないくせに、確実にテーブルの上に漂った。

「そんなことないよ」

「嘘はやめて。本当のことを聞きたいの」

「そんなこと聞いてどうするの？」

「わからない。でも、岳にずっと辛い思いをさせるぐらいだったら……」

「楽しくはないよ。今の生活」

淡々と宣言するような声が痛かった。私は何も返事が出来なくなって、窓の外に視線を逸《そ》らす。煉瓦《れんが》敷きの路面に蟬の抜け殻が横たわっているのが見えた。

「でも、不幸ではないかな」

静かな声が聞こえて、再び岳の方を向いた。スプーンに山盛りに載ったカレーが、ゆっくりと大きな口に運ばれていく。喉仏が何度か上下した後、彼は言った。

「子ども食堂を開こうと思ったのは、単純にカレーをたくさんの子どもたちに食べてもらいたかったんだ。それだけだよ」

「どうして？」

「なんかの雑誌で見たんだけど、子どもの好きな食べ物ランキング第一位はカレーなんだってさ。でも普段ウチで出しているカレーはスパイスの効いた大人用だろ？　だから、美味しい子ども向けのカレーがあれば、絵美のお腹から消えちゃったあの子がまたいつか戻ってきてくれるような気がしてさ」

「そんな風に考えてたの……？」

「今日、初めて行列ができたんだぜ。ま、五十円でカレーを出せば、当たり前かもしれないけどさ、これでママレードも人気店の仲間入りだ。きっとあの子にも、ウチの評判が届くよ」

私は小さく頷くと、銀色のスプーンを握った。まだ湯気の立っているカレーをゆっくりとすくう。いつもとは違うトロみのあるルウが白米とよく絡んでいて、口に運ぶと玉ねぎのコクと鶏肉の旨みが広がった。刺激的な辛みはないが、その代わりに優しい甘さが舌に馴染んでいく。

「いつものカレーとは違うけれど……とっても美味しい」

　私はそれだけ告げると、無言でカレーを口に運んだ。甘口のカレーなのに鼻の奥がツンとした。涙が目尻からこぼれ落ちないように眉間に力を入れる。美味しいカレーを食べて泣くよりは、笑った方がやっぱりいい。

「ねえ、岳」

「何?」

「このカレーを食べ終わったらさ、お店の前で写真を撮らない?　オープンした日に記念に撮ったみたいに」

　私の突然の提案に、岳が不思議そうな表情を向けた。

「なんで?　和室に一枚飾ってあるじゃん」

「そうだけど、今の私たちを写した写真に替えたいの」

　過去より未来より今の私たちを写真に残しておきたかった。なんの記念日でもないありふれた一日、平凡だけどこんな時間が明日も続けられるように。

「俺、散髪してからの方がいいな。髭も剃《そ》ってないし」

「カッコつけたって、そんな変わらないじゃない」

「ま、それもそうか」

岳の笑顔を真っ直ぐに見つめた後、残りのカレーをスプーンでかき集めた。白い皿にはカレーの跡が何筋も引かれていく。それは素敵な料理だったことを証明していた。

カレーを食べ終わると、食器も片付けずにそのまま外に出た。柔らかい風が私の産毛を撫でていく。アブラ蟬の声が微かに漂う明日町《あしたまち》こんぺいとう商店街には、多くの人々が行き交っていた。それぞれが夕暮れの気配を纏《まと》いながらどこかに消えていく。

「本当にこのまま写真を撮る？」

「そう、今の私たちを撮りたいの」

二人ともひどい格好だった。岳は年季の入ったデニムのエプロンに、カレーの飛沫《しぶき》が滲んだTシャツ、私は化粧もしていない。

「まあ、写真の中だけカッコつけたって仕方ないか」

岳がスマホを片手に、写真を撮ってくれそうな人を探し始める。ちょうど、同じく商店街に店を構える米屋のおばあちゃんが通りかかった。声を掛けると「最近の機械のことはわからないよ」と言いつつも、しぶしぶスマホを私たちに向けて構えてくれた。

「ちょうど顔馴染みの人が通ってくれて良かった」

スマホを見据えたまま、岳が私だけに聞こえる声を出した。しかし、米屋のおばあちゃんはスマホの操作に戸惑っているようでなかなかシャッターの音は聞こえない。そんな時間をやり過ごすように、ふと気になっていたことを呟いた。

「そういえばお母さんのカレーになった、隠し味って何だったの？」

私の質問を聞いて、岳が前を向いたまま答えた。

「それは秘密。教えちゃったら隠し味にならないからね」

「ケチ」

ちょうどおばあちゃんがスマホを目の前に掲げた。私は自然と岳の手を握ってしまう。岳の手は温かくてゴツゴツとしていた。手を握るだけで、言葉にしなくても伝わる何かがそこにはあった。

「一足す一は？」

おばあちゃんのレトロな合図とともに、スマホのシャッター音が何度か鳴った。

「今の話だけどさ」

シャッター音が鳴り響く最中、岳の呟く声が聞こえたような気がした。しかし、聞き返す暇もなく、彼はおばあちゃんに礼を言いに向かった。おばあちゃんはスマホを手渡すと曲がった腰を携えて、他の人々と同じように夕暮れの商店街に消えていく。

一緒にスマホの画面を覗き込む。最初の何枚かの写真はブレていたが、途中からはママレードと私たちの笑顔がはっきりと並んでいた。

「ちゃんと撮れてるね」

最後の写真にスライドした瞬間、私は目を丸くした。岳がつないでいない方の手で、ドアに掛かったプレートを指差していたからだ。不意に独り言のように呟いた岳の声が蘇り、ハッとした。

「全然、隠す気ないじゃない」

口の中に柔らかな甘みが過《よぎ》り、店名を決めるときに岳が優しく呟いた声が思い出された。私は知らず知らずのうちに、あのカレーの隠し味が書かれたプレートを毎日ドアに引っ掛けていたのだ。

「バレた？」

岳がいたずらっぽく微笑んだ。私はママレードという店名が書かれたプレートを見つめながら、オールドデリーの混沌を思い出していた。異国の地で、大きなバックパックを背負いながら私たちは歩いていた。バイクのクラクションや人々の喧騒の中で、不安にならなかったのは、この温かくてゴツゴツとした手に触れていたからだと気づく。

「今度の日曜日までに、インド産のブロックプリントの生地を買おうかな」

「何で？」

「新しいエプロンを作るの」

私の返事を聞いて、岳が優しい眼差しを浮かべながら静かに頷いた。

六軒目

『カフェ　スルス
～コアラちゃんの巻～』

大島真寿美

Masumi Oshima

Profile

大島真寿美（おおしま・ますみ）

1962年愛知県生まれ。92年「春の手品師」で文學界新人賞を受賞。2019年、『渦　妹背山婦女庭訓 魂結び』（文藝春秋）にて、第161回直木賞を受賞。他の著書に、第9回本屋大賞第3位に選ばれた『ピエタ』（ポプラ社）ほか、『モモコとうさぎ』（KADOKAWA）、『ツタよ、ツタ』『空に牡丹』（以上小学館）など多数。

あれから二年――。

〈カフェ　スルス〉がオープンしてから数えれば、早三年の月日が風のように流れていき――。

明日町《あしたまち》こんぺいとう商店街では新参者だったはずの〈カフェ　スルス〉も、いつの間にやら、しれっと古株のように思われがちな今日この頃。

「しかしー、歳をとると、三年なんてあっという間だねー」

「ほんと、ほんと。こないだオープンしたと思ったら、もう三年だって。やだなあ、実感がまるでないよ」

「ない、ない」

そんなことを言い合いながら、日々、坦々と営業をつづけている。大繁盛というわけではないものの、どうにか潰れずに三年経ったのが、なにしろありがたい。

もはや、いちいち祝うというほどでもなかろう、という境地に達したため、二周年記念、三周年記念は華麗にスルーしてしまった。記念行事には手間も暇もお金もかかるゆえ、スルーするのが無難であったという、隠れた理由もあるにはあったのだが……。

それに、なによりここは、安い賃貸料で借りている古い建物ゆえ、細かい修繕箇所やら不具合やらは自前で直すという約束になっていて、予期せぬ出費が絶えずある。締めるところは締めてかからねばならないのである。

とはいえ、おかげさまで、〈カフェ スルス〉の面々は、三年の月日をものともせず、衰えるどころか、なぜか年々元気になっている。ひょっとして、あの人たち若返っているのでは？　と商店街の人々が訝《いぶか》しんでいるとか、いないとか。

「あー、たしかに、言われてみれば、ここを始めてからやけに体調がいいよねー」

りゅんちゃんが言えば、ピナちゃんも、

「じつは私もそうなんですよー。むうさんはどうです？」

「それがさ、わたしもそうなんだよ」

「わたしもそう」

と蚕《かいこ》も言う。

「ここに関わるようになると、なんとなく、みんな元気になっていく気がするんだけど、気のせいかな？」

そんなことを言い合って笑っている。

しかしながら、時の流れは時の流れ。オープン時にさるる画伯が描いてくれた看板も風雨にさらされ、心なしか、やや煤《すす》けてきてしまったし、丁寧に塗り直した外壁のペンキも、うっすら色褪《あ》せ、全体にぼんやりした印象に変わってきている。店内の床や、木製のテーブルや椅子《いす》などにも、傷や凹《へこ》みが見られるようになったし、クロスやリネン類もだいぶくたびれてきた。けれどもまあ、それがまた、新たな味わいの一つになっているようにも感じられるのでそう気にはしていない。くっきりとした輪郭が、少しぼやけて、あたりの空気にじんわりと馴染んで、そんな緩んだ曖昧《あいまい》さがオープンした頃にはなかった落ち着きをもたらしている。使い込まれた食器類、香ばしいパンの匂い、炊きたてのご飯の匂い、厨房で野菜を刻む音、ぐつぐつと煮える鍋の音、それらが柔らかなハーモニーを作り出す。

「はあああああ。ここにくるとほっとします〜。生き返る〜」

と今や、常連客となったコアラちゃんは、しょっちゅう子連れでやってくる。そう、わたしの担当編集者であるコアラちゃんはこの三年の間に結婚し出産し、さくさくっと一児の母となった。しかも結婚後に移り住んだ住居がこの近所だったので、育休中ということもあって、散歩がてらやってきては母子でしょっちゅうお昼ご飯を食べていくのである。

ちなみに、婚活中だった別の版元の担当編集者ガーコちゃんは、招きうさぎの暗躍によりついに電撃結婚を果たした（いつぞや狙っていたバーのマスター、としちゃんがお相手ではないのだが）。こちらも新居をこの近くに構えたので、仕事からの帰り道によく寄ってくれる。ついでに仕事もしていく。わたしとの仕事の打ち合わせは、いつ頃からか、手っ取り早く、ここで済ませるようになってしまった。わたしもここにいる時間が増えたので、お互い、それがちょうどよいのである。


さて。

コアラちゃんが常連客になってからというもの、〈カフェ スルス〉には子連れのお客さんが俄然《がぜん》増えた。

外の目立つ場所にベビーカーを置くスペースがあるので、それを見て、誘われるように入ってくるらしい。

子供連れなんですけどいいですか、と初めはおずおずと、しかし、たいてい、二度、三度と立て続けにやってくるようになる。そうして、そんな人たちから教えてもらった人が、また新たにやってくる、という塩梅《あんばい》で、つまり、子連れ客は増える一方なのだった。

「そりゃそうですよ、子供連れだと、なかなかお店には入れないし、入れてもらっても気を遣うし、こんなふうに子供のために手づかみで食べられるものを出してくれたりしませんからね。汚してもいいように、ビニールクロスなんて敷いてくれないし、授乳も着替えもおむつ替えもOKなんて、そんなところ滅多にありませんよ」

コアラちゃんがここに頻繁にやってくるようになったのは、息子のケースケがまだ二ヶ月になるかならないかの頃。春とはいってもまだ寒さの感じられる風の強い日、目の下に隈を作り、よろよろと、赤ちゃんを抱いてコアラちゃんは現れたのだった。初めての子育てに戸惑い、悩み、授乳疲れに睡眠不足も重なって、どうにもやりきれなくなったコアラちゃんは、ちょっと外の空気が吸いたくなったのだそうだ。そうして衝動的に家から出てきたものの、これといってあてもなく、ベビーカーを押してふらふらと町をさまよっているうちに、〈カフェ　スルス〉のことを思い出したらしい。赤ちゃんを連れていってもいいのかどうかわからなかったんですけど、なんとなく、入れてくれるんじゃないかと思って来てみたんです。コアラちゃんがつぶやくようにそういった。

りゅんちゃんは、ためらうことなく、大歓迎。

壁際の段差のあるステージ部分をすぐに片付け（普段は四角く収納可能なアイディア抜群の簡易椅子の平面上に売り物を置いて物販コーナーにしている）、衝立《ついたて》を置いて、授乳スペースを確保。それどころか、おっぱいを飲んで、眠くなり、ぐずりだしたケースケのために、あり合わせで工夫したベビーベッドもどきまでこしらえて、じょうずに寝かしつけてしまったのだった。

「あの時のりゅんさんの手際のよさったら。私が、ああーどうしよう、ケースケ、泣き出しちゃう、迷惑かけちゃう、って、おろおろしているうちに、さーっと動いてくれて。この子を私の手から受け取ると、そこに寝かしつけて、ねんねころりよおころりよ、って、歌まで歌ってくれて……。ケースケも安心したのか、すぐに、すうすう眠っていっちゃって。そしたら、りゅんさん、くるっと振り返って、さて、コアラちゃん、あなたはなにが食べたいの？　ってきいてくれたんです。コアラちゃん、あなたが、今、いちばん食べたいものはなに？　って」

コアラちゃんはうれしくて泣いたのだそう。ケースケがうまれてからというもの、すべて子供優先、この子は今どうしたいんだろう、なにを求めているんだろう、これでいいんだろうか、これではいけないんだろうか、そんなことばかりを気にして、一喜一憂、自分のことなど、ずっと気にかける暇もなかったのだった。コアラちゃんは、久しぶりに、自分の気持ちに向き合うこととなった。気持ち、というか、欲望に、だろうか？

りゅんちゃんに訊《き》かれたコアラちゃんは考えた。

はて、私は今、何が食べたいんだろう?

しかし、それがわからないのだった。

あれ?

お腹は空いている気がするんだけど……するんだけど……なぜだか、それすらはっきりしない。お腹が空いていたとしても、なんとなくうやむやにしてしまえるように、いつしかなってしまっていたのだった。自分のことは後回し、というのを繰り返していたため、満腹感も空腹感もすっかりわからなくなってしまったようだった。だってそれは仕方ない。そうでもしないとやってこられなかったのだから。

りゅんちゃんが黙ってコアラちゃんを見つめている。コアラちゃんのこたえをじっと待っている。

だから今は、後回しにしないで、こたえなくちゃ、とコアラちゃんは思った。

うーん、私は何か食べたいのかな?　いったい、何が食べたいんだっけ?

このところずっと、短時間で適当なものを、そそくさと食べる習慣がついてしまっていて、自分が今、何を食べたいかなんて、あらためて考えたこともなかった。気にもしなかった。その時々のあり合わせのものをかきこんで、あるいは残り物ですませて、と、それが当たり前になっていた。夫とすら、近頃、一緒にゆっくり食事することは稀《まれ》になっていて、へたしたら、自分がいつ何を食べたかすぐには思い出せないほどなのだった。かと思えば、変な時間にスナック菓子をばりぼりと無意識に食べ続けたり、冷凍室の奥の冷凍ピザを解凍して飲み込むように食べてみたり、授乳でお腹が空くのか、栄養を欲する身体になってはいるのに、それにしては、ずいぶんでたらめな食生活だった。慣れない育児にエネルギーの大半が吸い取られてしまっていたためだろう。

ふいに、あたたかいものが食べたい、とコアラちゃんは思った。

出来立てほやほやの、やさしい感じの、あたたかいものをふうふうしながら食べたい。あつあつで出てきたそれを、ゆっくりゆっくり、あちちち、とかいいながら、ちょっとずつ、ちょっとずつ、食べていきたい。ものすごく時間をかけて。のんびりと食事がしたい。

そのあとで、そう、冷たくて、こってりしたバニラアイスクリームが食べたい（これは〈カフェ　スルス〉の名物なのである）。

リクエストにこたえて、りゅんちゃんは、その日のスープに手を加え、参鶏湯《サムゲタン》ふうのものを、それもかなり大盛りにして出した。赤いクコの実とたっぷり載ったねぎ、ゆらゆら立ちのぼる湯気、ほのかにニンニクとごま油の香り。

コアラちゃんは望み通り、ゆっくりゆっくり食べた。

とろけそうな鶏肉と、粘りのある餅米とコクのあるスープをじっくりと味わった。

ケースケはくうくう眠っている。ウェイトレスの蚕が様子をそれとなく見守っている。

コアラちゃんは食べることに集中している。やがてひたいにうっすら汗をかき、鼻の頭にも汗の粒が浮かび、知らず知らず笑みがこぼれだした。目尻からじんわりと涙が流れている。その姿に誘われるように、他のお客さんからも、私もあれ、お願いします、と注文がくる。コアラちゃんはそんなことにも気づかず、一心《いっしん》に、ふうふうしながら食べつづけていく。

あつあつの料理のあとは冷たいバニラアイスクリーム。

濃厚なミルクの白色に浮かんだ、バニラビーンズの黒いつぶつぶ。舌の上でふわっと広がる甘さと冷たさに頭がしびれるよう。うう、と思わず声が出てしまうコアラちゃん。ひとさじひとさじ、丁寧にすくって食べていく。

「あの時食べたものが、いちいちぜんぶ、私の栄養になってくれた気がします」

とコアラちゃんはたびたびいう。

「ほんとにおいしかったし、ずいぶん自分をないがしろにしていたな、って気づいたんです。あのまま、気づかずにいたら、危なかったです」

コアラちゃんはそれ以降、週に何度か子連れでやってくるようになった。それにともない、〈カフェ スルス〉の店内も少しずつ変化していった。ステージ部分のベビーベッドもどきをバージョンアップして常設し、授乳スペースを布のカーテンでさっと覆えるようにした。ケースケの成長とともに、離乳食メニューも開発していったし、割れない食器や安全な玩具《おもちゃ》や絵本、ビニールシートなども用意した。折りたたみ式のサークルも設《しつら》えた。おむつ替えをしやすいようにトイレを少しリフォームしたし、危険な箇所の点検もした。リクエストにこたえつつ、失敗から一つずつ学んで、安心して母子で食べられる場所を作っていったのだった。だから、子連れのお客さんが増えてきても、どうにでも対処できる。

赤ちゃんや幼児がいたら他のお客さん、うるさくないかな？ 嫌がられないかな？ という当初の心配も、案ずるより産むが易《やす》し、どうってことなかった。ベビーカーが並んで外に置いてある時点で、それを好まないお客さんは入って来なかったし、知らずに入ってきたと思《おぼ》しきお客さんには、一言、こういうお店なんですけどいいですか、と確認すればそれですむ。

それにそもそも、こんぺいとう商店街界隈には、下町気質《かたぎ》が色濃く残っているので、常連客は子連れ客に寛容なのだった。子供はうるさくて当たり前、赤ちゃんは泣くのが商売、あのねみんな昔は子供だったんだからね、気にしなさんな、そう笑い飛ばしてくれる。とくに、〈カフェ　スルス〉の我々と同年輩か、もしくはやや年上の面々は、子供がいるのをむしろ、歓迎する傾向にあった。孫もすでに成人してしまって、子供と接したくても接することができなくて、少し寂しかったじじばばが子供に惹かれてやってくるのだ。そうして新米お母さんたちのちょっとした悩み事の相談にのってくれたりもする。実母や姑《しゅうとめ》にいわれたら反発するような言葉でも、ふと居合わせた人生の先輩にいわれると、案外、すんなりきいてしまえるから不思議なものだ。また、さりげない労《ねぎら》いの言葉、あんた、よくやってるよ、いいお母さんだね、これでいい、これでいい、大丈夫大丈夫なんて声をかけられると、やけに心に響いたりもする。

とはいえ、あまりにも子連れ客が多すぎると、ひるんでしまうのか、なかなか他の（とくに若めの）お客さんが入ってこないのはたしかなようだった。ここは悩みどころ、対策を練るべきか、と思ったとき、経理担当のお目付役、ピナちゃんが、いや、このままでいきましょう、とゴーサインを出してくれた。

「いや、だって、数字的にはこれまでと変わらないんですよ。帳簿のデータ、みてください。ね、むしろ、微妙に上向きになってきているでしょう？　入りそこねたお客さんからの要望で始めたキッシュのテイクアウトも好調ですし、時間帯による住み分けができて、むしろ、ばらつきがなくなっている。閑古鳥《かんこどり》が鳴く時間がなくなったんです。私、思うんですけど、お店というのは生き物なのかもしれませんね。赤ん坊を育てているのと同じなんですよ。どのように成長していくのかは、この子のみぞ知る、っていうのかな。どんなふうになりたいか、決めるのはこの子自身なのです」

「〈カフェ　スルス〉が望むようにしてあげるってこと？」

蚕がきく。ピナちゃんが、うなずく。

「数字は嘘をつきませんしね。この子の成長する意思に任せておいたら悪いようにはならないのでは」

「わからんでもない」

と、りゅんちゃんがいう。

「ここを始める時だって、突然、今だ！　ここだ！　って感じで始まったじゃない。うちらの意思っていうより、この店の意思がうちらを呼んだのかもしれないよ。だったら、下手な抵抗をしないほうがいい。こんなふうに子連れ客の多い店にしようと思ってたわけじゃないけど、これはこれで面白いし、なにより、お母さんたちによろこんでもらえてるってのがまずは大事だよ。このままやっていこうよ」

ケースケもすでに十ヶ月になろうとしている。つかまり立ちをし、初めはおぼつかなかった、つかまり歩きが少しずつ板についてきた。

手づかみで野菜スティックを食べ、薄味のラタトゥーユを食べ、手作りがんもを食べていく。旺盛な食欲は、見ているだけで楽しくなる。

「赤ん坊の域を脱しつつあるね」

わたしがいうと、コアラちゃんが、笑いをこらえながらこたえる。

「いやー、でもまだまだ、赤ちゃんですよ。しょっちゅうおっぱいを欲しがりますしねー、甘えっこなんで、私にぴったりくっついていたがるし、卒乳への道がおぼつかなくて。保育園にいくまでにはなんとかしたいところなんですけど」

「保育園？　もう保育園なの」

「もちろんですよー。そうしないと職場復帰、できないじゃないですか」

「あ、そっか。そだね」

「でも、この地区の保育園、かなり激戦で、まだ決まらないんですよう。このままだと仕事復帰の予定が狂ってしまうんで、困ってるんですけど、そしたらミツくんが、こうなったら、僕が育休申請してみようかな、なんて言い出して」

「おお、それはいいじゃない」

「え、や、それはたしかに、いいんですけどね、でも、たぶん、現実的には無理だと思うんです。だって、ただでさえ、人手不足で、残業の多い会社だし、前例もないそうだし、そんなところで、いきなり言い出したって相手にされないんじゃないでしょうか。だけど、だからって、先に諦めたらだめだ、育休を申請する男もいるんだ、ってのを世に知らしめるのが大事だって威勢のいいこと、言ってるんです。会社の対応や周囲の反応次第では転職の道もありうる、とかなんとか」

「攻めてるね、ミツくん」

「そうなんです。いつの間にそんなこと、かんがえるようになってたんだか。もしかしたら、ケースケと一緒に変化？　成長？　していってるのかもしれないです」

ふうむ。だとしたら、〈カフェ　スルス〉もまた、ケースケと一緒に、変化し、成長しつづけている、といえるかもしれない。


店を開けてからランチタイム後半くらいまでは、子連れのお客さんが多いので、コアラちゃんは顔なじみになったお母さんたちと気軽におしゃべりしたり、保育園のことや予防接種のことなど、情報交換したりしている。

ここでは愚痴《ぐち》や泣き言も言いたい放題。

なにはともあれ、溜め込んでいたものをできるだけ多く吐き出してすっきり帰っていくというのが肝要なのだ。近頃では、コアラちゃんの方が、後輩ママさんたちからアドヴァイスを求められたりして、しかもそれにしっかりこたえていたりするのだからおかしい。少し大きい子どもたちは勝手に仲良くなって遊んでいるし、ケースケもそちらが気になるのか、仲間に入れてもらおうと果敢に近づいていく。

保健所や病院の待合室などでこの店について知っている誰かに教えられ、助けを求めるみたいにやってくる母子もいる。あのー、一度〈カフェ スルス〉へ行ってみたら、といわれてきてみたんですけどー、と涙目になってやってくる人を、そのとき、たまたまそこに居合わせた人たちが阿吽《あうん》の呼吸で受け入れている。なにやらまるで砂漠のオアシスみたいになってきている。

「わたしも、ああやって暗い顔してる人を見ると他人事《ひとごと》に思えなくてここを教えてあげてるのよ」

隣のテーブルのネリさんの言葉にコアラちゃんもうなずく。

「わかります。わたしもそうなんです。だって、ほんと、赤ちゃんを抱えたお母さんって、案外孤独ですもんね。赤ちゃんとだけ、二人きりで長時間過ごしていると不安でいっぱいになるし、赤ちゃんってしゃべらないから意思疎通がうまくいってるのかいってないのか、ほんと、わかんないし。こっちも会話できないことでフラストレーションがたまるし。悶々《もんもん》としているうちに、鬱《うつ》っぽい気分に襲われたりもして、袋小路に追い詰められていく感じになる、っていうか」

「そうそう、そうなのそうなの。わかるわかる」

とネリさんが子供をあやしながら肯定する。

「こうやって時々、息抜きしたかったのよ、わたしも。この子、ちっとも寝てくれないし、寝てもすぐ起きちゃうし、ぐずってばかりだし、みんなはどうなんだろう、この子だけヘンなんじゃないか、って心配ばかりしちゃって。旦那に訴えたって、とんちんかんなことしか言わないし。誰かわかってくれる人と話したかったの。でも、どこへいったらいいのかわからなくて。ここの商店街を歩いているときに、このお店を見つけて、すごくうれしかった」

母子という組み合わせだけでなく、父子という組み合わせのお客さんもたまにいる。シングルマザーだけでなく、時にはシングルファザーも現れる。ご近所の常連さんにすすめられてやってきたのだという。

赤ちゃんや幼児だけでなく、もう少し大きい、小学生の子供の親たちもよく来るようになった。

あそこへいけばなんとかなる、そんな空気がじんわり広まっているらしい。実際、誰かが誰かの相談に乗って、ソーシャルワーカーを紹介したり、行政の仕組みや相談窓口のことを教えてあげたりもしているようだ。いささかおせっかいなところが無きにしも非《あら》ずだが（これもまた下町気質のなせる業《わざ》か）、〈カフェ　スルス〉を基点にゆるやかなつながりが作られていっているらしい。

「それにしても予想外の展開やわ」

りゅんちゃんが翌日の料理の仕込みをしながらいう。

厨房で、まかないを食べているわたしと蚕が、いいじゃん、いいじゃん、と気楽に相《あい》槌《づち》をうつ。

「うちら、子供いないし、子育ての経験もないから気づかなかったけど、こういう場所がほしい人って、こんなにたくさんいたんだね」

「ここって下町だけど、都会は都会だから、やっぱり一人で子育てしてる人、多いんだと思うよ。実家が遠いと、一人でがんばるしかないし、ある程度子供が大きくなっても、悩みは尽きないものなのかも」

「パートナーがいてもいなくても、母は追い詰められがちなんだよね、たぶん。とくに新米ママは。あんなにしっかりしているコアラちゃんでさえ、くたびれはててたんだもん。夫氏がいくらやる気になってくれても、妻の方がやらざるを得ないことが多すぎるのかも」

「そう思い込まされてるとこもあるしね」

「だけど、うちら、ただコアラちゃんのためだけにやってたはずなのに、なんでこんなことになっちゃったんだろうね？　つまり、世の中にはたくさんのコアラちゃんがいるってことなんかね」

まかないを食べ終え、りゅんちゃんも仕込みを終え、わたしたちは三人で厨房の隅に腰掛けてお茶を飲む。バイトのウェイトレス、ウェイターは、もうとっくに帰ってしまったし、ピナちゃんも、今日は来ていないので、三人だけの静かな夜である。

一日の終わりに飲むハーブティは、体だけでなく心までやさしく潤《うるお》してくれる。かちゃかちゃと、カップがソーサーにあたる音が、いつもより大きく聞こえて、ほうっと息を吐く。

でもこう、〈カフェ　スルス〉、なんか、いい感じになってきてるじゃない？

誰がいうともなくつぶやくと、誰かがいう。

うん、いい感じ。いい感じ。

予想外も楽しいよね。

うん、楽しいよ。

潰れなきゃいいんだよ、潰れなきゃ。

　そうだよ。潰れそうで潰れない、ぎりぎりのラインをうまく進んでいけたらいいんだよ。先が読めなくたっていい、その方がワクワクする。

　ね、安定路線なんか求めなくっていいもんね、うちら。そんなもの求めてない。求めたこともない。そうでしょう？

　でもさ、開店したばかりの頃も先が読めなかったけど、三年経ってもまだ先が読めないっていうのは……、なんか、ちょっと、びっくりではある。

　びっくりだけど、そこがいいんだよ。だって、ほら、飽きる暇がないじゃん。

　あー、たしかにそれはいえてる。飽きるどころか刺激がいっぱいで……、いっぱいすぎて泣けてくるわ！

　だから存分に、楽しもうよ。せっかくだもん。これこそ、お店を始めた醍醐味《だいごみ》ってやつだよ。

　まあ、そうだよね、楽しまなくちゃね。楽しけりゃ、それでいいや。それがうちらの原点やし。

　そうだよ、ずっと、そうやってきたじゃん。

　そうか、そうか。そだね。

そだよ。

そうして、わたしたちは、ここに至るまでの長い時間に思いを馳せたのだった。始める前に、いつかカフェやりたいね、と夢見ていた頃。それよりももっと、うんと前、わたしたちが知り合ったばかりの頃。いっしょに芝居をやっていた頃。それぞれが、それぞれの活動を活発にやりだした頃。うまくいかなかった時期、身体を壊していた時期。山あり谷あり、てくてくてくてく、歩きつづけた、その長い道のり。そのすべてが今、ここへ流れ込んで来ている。じょうずにそれが形になった。〈カフェ　スルス〉という形に——。ここには、わたしたちだけでなく、いろんな人の思いが詰まっているし、いろんな人の手がここに加わっている。

どんとこい、予想外！

そういって笑いあった。

うーむ。ひょっとして、それが、呼び水になってしまったのだろうか？


定休日に店を貸してくれないか、とコアラちゃんにいわれた。

コアラちゃんは、ネリさんや他の人たちを代表して訊《たず》ねたのだった。

定休日に、持ち寄りパーティをしたいのだという。

「パーティ、ってほどのものではないんですけど、みんなでわいわい食べたいな、と」

「そんなの、営業日にもやってるじゃない」

「いえ、それはそれとして、もうちょっとフリーな感じで。というのもですね、もっと声をかけてみたい人がいるってひそかに思ってる人がけっこういるんです。カフェに誘うってなかなか難しい面もあるんですよ。それぞれ経済状況もちがうし、いつ誰がお店にいるか、誘った人もはっきり伝えられないし、一度来たけど、時間帯が合わなくて誰もいないから帰っちゃった、って人もいるみたいだし。うーん、いろんな困難を抱えている人がいるのがわかってきているのに現状を打破できないのがもどかしい。って、だんだんそういう感じに話が進んできてしまって。だったら持ち寄りパーティにして、会費はなしにして、いちどガバッと門戸を開いてみたらどうだろうってことになったんです。あ、でもカンパの箱は置いておくんで、飲み物代とか必要経費はそこから。お酒はなしなので、パーティっていうとあれなんですけど、要は有志が持って来た食べ物を置いて、わいわい楽しく食べる会をしてみたいな、と」

〈カフェ スルス〉の定休日は水曜日と、第一・第三日曜日。それから第二・第四土曜日。とりあえず、来月の第一日曜日の夕方にそれをやってみたいのだという。

「また新たな展開か……」

面白そうではあるものの、わたしの一存では決められないし、困惑していると、蚕が口を挟んだ。

「いいんじゃないの。休みの日なんだし。好きに使ってもらったらいいんじゃない？」

「それはそうだけど……」

ただぽんと貸すだけですむかなあ？　後片付けや掃除、ちゃんと元通りにして帰ってくれるだろうか。勝手に備品を動かしたり触られてもいいものだろうか。厨房は火も使うし、刃物もあるし、子供が入り込んだら危険をともなう。そういうこともわかってるのかなあ？　ぐずぐずためらっていると、蚕から聞いたりゅんちゃんが、厨房からでてきて重々しくいった。

「やりましょう。小さいお子さんには、お店で出している離乳食をこちらで提供します。大人の皆さんには、まかない的な、適当な、シチューなんかでよければ、それくらいは出しますよ。あ、そっか、温かいものを出したいなら、厨房を使ってくれちゃってもいいし」

「え、りゅんちゃん、いいの。休みの日だよ？　りゅんちゃんも厨房に入るの？」

「だって、その日、わたし、なぜかすっぽり予定が空いてるんだよー。それならやるしかないでしょう。どうせ上に住んでるんだし。なんかもうね、無駄な抵抗はできないってことになってんだよ、きっと。〈カフェ　スルス〉はさ、もう、育っていきたいように育っていくんだよ。このあいだ、みんなで話したじゃん。予想外の展開を楽しもうって。予想外の展開っていうのはさ、きっとまだまだつづくんだよ。それを繰り返して、〈カフェ　スルス〉は大きく育っていくんだよ」

「そうかもしれんねー」

「うん、そうかもしれん」

わたしもつぶやく。

ピナちゃんも賛成してくれたので、それからすぐに、話し合いの場を設け、ルール作りに入った。子供に怪我《けが》をさせたり、事故が起きてはたいへんだから、慎重に進めるところは慎重に進めなくてはならない。コアラちゃんと有志の人たちと、〈カフェ　スルス〉側とで、問題点を洗い出す。対策を考える。

告知はどうしよう？　どこまで参加ＯＫにする？　ふらりと入ってきちゃった常連さんはどうする？

受付はどういうやり方にする？

椅子は足りるだろうか？　どこかから借りてくる？

当日のタイムスケジュールは？

飲み物や食べ物の置き場所は？

なにしろ初めての経験なので、決めなければならないことは山ほどある。ゆるくしておくところは思いっきりゆるくして、きちんとしておくべきところはきちんとして。情報はみんなで共有する。

わたしたちは、基本、コアラちゃんたちの考えに従った。

コアラちゃんたちの力を信じようという気持ちもあったし、この人たちのシンプルな情熱をうつくしいと思ったからだった。必要としているものを、必要としている人に届けたい、〈カフェ スルス〉に助けられたんだから、〈カフェ スルス〉で助けてあげたい。そうして、いっしょにみんなで楽しみたい！ ただそれだけの、わかりやすい思い。

子育て中のママさんたちは、しかし、有能な人が多かった。ばりばり働いて来た人はそれまでの経験を活かし、特殊技能の持ち主はその能力を活かし、これがやりたい、これならできる、これはこうしよう、あれはああしよう、と適材適所、よく動いた。

常連客のジジババもよく協力してくれた。


フリーパーティは、まずまずうまくいったらしい。

わたしはその話を、厨房で翌日の仕込みをしている、りゅんちゃんのそばにすわってきいた。

「裏の方でみてただけなんだけどね、なんかこう、パーティっていうより、飯場、いや、ほら、芝居やってる頃、小屋入りした後、みんなでわーっと食べてたごはんの時みたいだった。んー、いや、でも、子供が多かったから、お昼時のフードコートっぽくもあったかな。とにかく賑《にぎ》やかだった」

ふんふんとわたしと蚕がうなずく。

わたしたちは、この日、あえて、ここへ来なかった。

〈カフェ スルス〉がカフェとしてではなく、一つの場所として、新たな顔を持つのならば、首を突っ込まない方がいいのではないか、と判断したからだった。

その判断は、りゅんちゃんにいわせれば、正しかったらしい。

「いなくてよかったよ」

とあっさり断言した。

「みんなすごくテキパキと動いてて、うちらの力なんて全然必要としていなかった。いたら、むしろ邪魔になったくらい。わたしも、だから、厨房の奥に引っ込んで、呼ばれたときだけ出ていってた。きかれたことだけこたえて、教えることだけ教えて、あとは放置。それくらいでちょうどよかった。ひょっとしたら、あの人たちには、ああやって、思う存分、働きたいっていう欲望も、じつはあったのかもしれないね。ほんと、頼もしい人たちだよ。どういうふうに告知したのか、初めてのお客さんもけっこういたみたいだし、でも、すっごいコミュニケーション能力で、さーっとその場になじませちゃうんだよね。小学生くらいの子供も多かった。自分ちの子供だけじゃなくて、その子供のお友達とかも連れてきてたりしてね。どの子もみんな、お腹いっぱい食べて、嬉しそうだった。パンもご飯も、どんどんお代わりするんだよ。だんだん遠慮がなくなって、まあ、食べる食べる、とにかくよく食べる。この子にお腹いっぱい食べさせたい、っていう、そういう子供をうまくここへ連れてきてたみたい。それもすごいなー、って思った。自分の子供のことだけじゃなくて、よそんちの子供にまで、ちゃんと目がいってるんだよ。ああ、そういうことか。それで、こういうことをやりたかったのか、と合点がいった。こういう形なら押し付けがましくなく、連れて来られる」

サンドウィッチやパエリアといった持ち寄りの料理はもちろんのこと、人参のパウンドケーキやら、シナモンドーナツやら野菜クッキー、ビスケットなどなど、手作りお菓子もかなりの出来栄えだったらしい。

コアラちゃんも楽しそうだったそうだ。夫のミツくんも一緒に来て、ケースケを見守りながら、ファザーチームのところで、父親なりの悩みを打ち明けあったりもしていたようだ。

〈カフェ スルス〉を始めたときには、ここがそんなふうに使ってもらえる日がくるなんて思いもしなかった。

そう。

お店って、とても自由なものなのだ。

どういうふうにでも変わっていける。

「これから毎月一回、やらせてくださいっていってたよ、コアラちゃん」

「えっ」

「月に一回なら、やれそうだって、みんな思ってるみたい」

「ええっ」

わたしが声をあげると、りゅんちゃんが笑った。

「そんなに驚かんでも」

「いや、だって、コアラちゃん、もうじき職場復帰するはずだし」

「やれるっしょ。つか、べつにコアラちゃん一人でやってるわけじゃないんだから、どうにでもなるんじゃないの。ほんと、あの人たちのバイタリティ、すごいから。見たらびっくりするから。あの人たちのやる気に火がついちゃったんなら、やらせてあげるしかないと思う」

うーんと、難しい顔をしていた蚕が、じゃあさあ、と声を出した。

「うちらも好きなことしようよ」


その後、コアラちゃんは、ケースケの入園する保育園が決まったので、無事四月から、まずは時短という形で、それからゆっくりと職場復帰を果たしていった。

それゆえ、以前のように、頻繁に昼間、食べには来られなくなったのだが、その代わり、名物のキッシュや、ケースケの好物であるラタトゥーユや手作りがんもなんかをたまにテイクアウトして帰っていく。コアラちゃんだけでなくミツくんもやってきて、その時々で持ち帰れそうな、たとえば、炊き込みご飯や賄《まかな》い用のピッツァなんかを喜んで買っていってくれる。ミツくんは、保育園問題がクリアできたため育休申請こそしなかったものの、積極的に子育てを担う姿勢はちゃんと維持しているようだ。

仕事帰りに立ち寄り、助かります！　とろくに選びもせず、ありあわせの惣菜なんかをあわてて買って帰っていくこともしばしば。

コアラちゃんは細い身体をいっそう細くしてケースケを育てている。

やはり、仕事との両立はたいへんらしい、というのは何気ない言葉の端々からも感じられるのだけれども、それでも月一回のフリーパーティはつづけていて、親子三人、楽しげに参加している。

この会は、いっそう盛況である。

言い出しっぺのくせに、たいした働きもせず、私はほとんどお客さん状態で呑気《のんき》に楽しんでるだけなんですけどね、とコアラちゃんは少し申し訳なさそうにいうが、誰もそんなこと気にしていないのはよくわかる。動ける人が動いて、できる人ができることをやって、できないときには誰かにすぐに助けを求める、といった感じで、ラフに回しているのがきっといいのだろう。

無理しすぎるのはよくない、というのがこの会の人たちの合言葉みたいになっているのもいい。

「無理しすぎるのはよくない、って、ほんと、その通りだよ。すばらしいよ。我々も見習わねば」

鼻息荒く、ピナちゃんにいったら、笑われた。

「むうさん、あのね、わかってます？　我々が、これ以上無理しなくなったら、〈カフェ　スルス〉は潰れますよ！　いいですか、むうさん、我々は、そもそも無理しすぎてないんです！　そこんとこ、まちがえないでくださいね！」

〈カフェ　スルス〉は、どんどん変化している。

何がきっかけで次の変化が起きるのか、もはや、わたしには予測がつかない。

蚕は、そろそろここで、ダンスだけでなく、芝居の公演を打ちたい、と考えているようだし、りゅんちゃんはりゅんちゃんで、旧友のデザイナーのトヨちゃんを巻き込み、〈カフェ　スルス〉に授乳のしやすい産後ウェアを置いて販売しだした。

赤ちゃん連れのお客さんたちの要望を耳にしているうちに、洋服作りの天才、トヨちゃんのことを思い出したらしい。長くフリーランスで舞台衣装を製作してきたトヨちゃんにとって、お母さん方の細かい要望を聞いて、センスあるデザインに落とし込む、なんてのはお手の物。

これがまた好評で、最初に置いた服は瞬く間に売れてしまった。

というわけで、定番となったトヨちゃんの産後ウェアは、いつの間にか、〈カフェ　スルス〉の隅っこに、常設で吊るされるようになった。近々、ちょっと気合の入ったマタニティドレスや産後ドレスをオーダーメイドで製作するという準備も始めているらしい。

そんなこんなで、今や、あちこちに新しいコーナーが作られたため、〈カフェ　スルス〉が手狭にさえ感じられるほどになってしまった。オープンした当初は、広すぎるのではと危惧《きぐ》していたのに、店内の密度がどんどん濃くなっていくのだからびっくりだ。

ねえねえ、なんかこう、お店に入っただけで繁盛しているって感じ、するよね！

する、する！

ついそんなことを口にしてしまったら、ピナちゃんが戒めた。

「だめだめだめ。だめですよ、皆さん。ほんとにもう、調子に乗りやすい人たちなんだから！　いいですか、ここで気を緩めてはなりませんよ。油断してはなりませんよ。〈カフェ　スルス〉はまだまだ潰れる可能性があるんです！　安心するのはまだ早い！　これからも、私の意見にはきちんと耳を傾けていただかないと！」

もちろん、もちろん。

傾けますとも！

皆、返事だけはたいへん良い。

でも、口には出さないけれども、〈カフェ　スルス〉に関わる誰もが皆、じつは心の中で思っている。〈カフェ　スルス〉は潰れない。きっと大丈夫。

かくいうわたしも思っている。

なんとなく、ここは潰れない気がする。

これからの〈カフェ　スルス〉の成長がとても楽しみだ。

それにケースケや、すっかり顔なじみになった他の子供たち、あの子やこの子、みんなの成長も、とてもとても楽しみになった。子供の成長は早い。みるみるうちに大きくなる。スルスは泉。たっぷりと水を得て、力強く、すくすくと、枝葉を伸ばして育っていってくれたらいい。どの子もみんな、銘々に伸びてゆけ。そうして、やがて、ここに大きな森が現れるのだ。

楽しみが増えると喜びも増える。

喜びに誘われ、わたしたちだって、まだまだすくすく、すくすく、大きくなれるような気がしてくる。

だって、この泉の水はいつでも透明で新鮮だもの。

年老いてなお、大きく葉を茂らせることができる、ふしぎな泉なのだもの。

そう。

成長するのは子供たちだけではないはずだ。

わたしたちだって、まだまだ、やれることはたくさんある。

〈カフェ　スルス〉にいると、なぜだか気負わず、そんな気持ちになれるのだから、ほんとうにここは、やはり、ふしぎな場所なのだと思う。

七軒目

『おもちゃ屋「うさぎや」』

山本幸久

Yukihisa Yamamoto

Profile

山本幸久（やまもと・ゆきひさ）

1966年東京都生まれ。2003年「笑う招き猫」で第16回小説すばる新人賞を受賞しデビュー。著書に、『ふたりみち』『誰がために鐘を鳴らす』（以上KADOKAWA）、『あっぱれアヒルバス』『ある日、アヒルバス』（以上実業之日本社）、『店長がいっぱい』（光文社）、『幸福トラベラー』『幸福ロケット』（以上ポプラ社）など多数。

深見《ふかみ》真悟《しんご》は手を止め、耳を澄ます。ここは明日町《あしたまち》こんぺいとう商店街の一角にあるおもちゃ屋、〈うさぎや〉だ。店内には真悟ひとりだ。壁にかかった鳩時計は二時三十五分、鳩の出番までまだ少しある。

いろはに金平糖《こんぺいとう》　金平糖は甘い
甘いはお砂糖　お砂糖は白い
白いはうさぎ　うさぎははねる
はねるはかえる　かえるは青い

どこかで子どもが唄《うた》っていた。少なくとも七、八人だ。声は揃《そろ》っていても、合唱とかコーラスとかではない。囃《はや》し立てる感じだ。昨日も一昨日《おととい》も、おなじような時間に聞こえてきた。明日町公園は遠過ぎる。商店街入り口に近いこの店まで聞こえてはくるまい。表通りか路地裏だと思うのだが、どうだろう。

気になる。うるさいわけではない。むしろ気持ちが和むくらいだ。毎日聞いているうちに、どんな子達が唄っているのか、気になりだしたのだ。

でも店を空けて探しにいくわけにもいかないよな。

真悟はレジのカウンターで、『Xマスセール実施中』という貼り紙を作成している最中だった。より細かく言えば、黒の画用紙に4Bの鉛筆で下書きをして、金色のマーキングペンを握りしめていた。

パソコンで作成すればてっとり早い。三十分もかけずにできる。しかし〈うさぎや〉にはパソコンがなかった。昔、スケルトンでオレンジ色のiＭａｃがあった。真悟がはじめて触れたパソコンである。なんていうか、これぞ未来だった。仏壇の隣に置いてあったけど。

祖母に訊《たず》ねたところ、問屋への注文とか病院の予約なども、ぜんぶスマートフォンで事足りるようになり、使わなくなったので、「断捨離《だんしやり》しちゃった」そうだ。

真悟自身のパソコンは草加《そうか》のマンションにある。スマートフォンもだ。ここ〈うさぎや〉に住むことになった際、まとめて入れたバッグを、自室に忘れてしまったのだ。気づいたのは、東武《とうぶ》スカイツリーラインに乗ってからだ。

そのうち取りにいけばいい。

そう思ったまま、三ヶ月が経ってしまった。

青いはお化け　お化けは消える
消えるは電気　電気は光る
光るは夜のスカイツリー

「親父のハゲ頭じゃん」

最後のここを聞く度に、ツッコミを入れる。今日は声にだしてしまった。釈然としない。「夜のスカイツリー」がきちんとメロディに収まっていないのだ。最後の長音《ちょうおん》を端《は》折《しょ》る感じになっており、ムズムズしてくる。

こんぺいとう商店街のどこからでもスカイツリーを見上げることはできた。それもけっこう間近にだ。真悟が居《い》候《そうろう》中の〈うさぎや〉の二階からもである。ここに暮らすようになって三ヶ月、いまだに慣れなかった。天高く聳《そび》え立つ鉄塔に、怖れに似たものを感じてしまうのだ。

〈うさぎや〉はこのあたりの店とよく似たつくりだ。二階建てで外壁がくすんだクリーム色、二階の窓の下には〈おもちゃのことなら　うさぎや〉と看板が掲げられている。〈おもちゃのことなら〉は黒、〈う〉は黄色、〈さ〉は緑、〈ぎ〉はオレンジ、〈や〉は紫だ。そのまわりに動物や花の稚拙《ちせつ》な絵が描いてあった。

真悟の母、公恵《きみえ》の実家だ。ひとり娘の母は四十五歳の人生のうち、延べ三十二年、ここで暮らしていた。延べとはつまり二回に分かれているのだ。一回目はお嫁にいくまでの二十三年。二回目は離婚してから、つまりは出戻っていた九年である。夫と別れたのは二十五歳で、そのときには一歳の真悟も連れてきた。そして三十四歳でＩＴ企業の社長である男性と再婚し、以来、草加のマンションに暮らしている。

三ヶ月前、祖母が商店街の真ん中ですっ転んで腰を打ち、大腿骨頸部《だいたいこっけいぶ》骨折で、手術までおこなった。そんな祖母を、母とふたりで病院へ見舞いにいった際だ。祖母が入院中、不用心なので、真悟が〈うさぎや〉に住み込みで店番をしたらどうかと、母が言いだした。

そうしてくれたら助かるんだけどねぇ。

祖母にもしおらしく言われてしまい、真悟は承諾せざるを得なかった。春に専門学校を卒業したあと、就職したはいいが、その会社が三ヶ月で潰れ、プータローの身だったのだ。これでは断りようがないというものだ。

退院して二ヶ月程度でほぼ完治したあとも、ハイ、サヨナラとはいかず、店番と祖母の身の回りの世話をつづけていた。祖母はほぼ毎日、朝からでかけ、夕方まで帰ってこない。腰の怪我《けが》の他に、あちこち患っており、今日は整形外科、明日は眼科と歯科といった具合に通っているのだ。

〈うさぎや〉の定休日は水曜のみで、あとの六日間は朝十時から夜七時まで、真悟が店番をしなければならなかった。おかげでこの三ヶ月、草加のマンションに帰っていない。とは言え帰ろうと思えば帰れる。押上《おしあげ》から東武スカイツリーラインに乗りさえすれば、草加まで二十分である。これだったら通勤をしているひとだって、ざらにいるだろう。

ぶっちゃけ、草加のマンションに帰るのが嫌なのだ。義父に出会《でくわ》したら面倒このうえない。再就職先を探しもせず、母の実家に転がりこんでいるのだ、文句を言われないはずがなかった。身重《みおも》の母とも会ってどんな顔をしていいのかも、よくわからない。義父と結婚をして十一年、ふたりのあいだにはじめての子どもができた。予定日はクリスマスイブ、あと一ヶ月ちょっとである。

パソコンもスマートフォンもない生活に、いつしか慣れてしまった。新しく買う気はない。ブログやフェイスブック、ツイッターなどの類《たぐ》いもしていなかった。ラインもである。もとから友達が少ないうえに、社会人になってからはさらに減り、いまや皆無に近い。

いろはに金平糖、とまた歌がはじまった。

やはり気になる。

『ただいま留守にしています。近くにいますので、御用のある方は少しお待ちくださ
い』

そう書いた札を入り口にぶら下げ、探しにいく手もなくもない。でもいましがた、水《みず》沢《さわ》文具店へ、黒の画用紙と十二色の画用紙と金と銀と赤と緑と白のマーキングペンを買いにいき、戻ってきたばかりなのだ。

この文具店はいまぐらいの時間から、子どもだらけになる。店の小上がりに集まって遊んでいたりした。おかげで店の売り上げもいいと聞く。羨《うらや》ましい限りだ。

ウチの店にもきてくれていいのに。小上がりどころか、居間やキッチンでだって、遊んでもらってかまわない。それでトレカの一枚でも買ってくれれば大いに助かる。でもそうはいかなかった。

水沢文具店の店主は、真悟と同い年くらいだ。黒縁《くろぶち》の眼鏡《めがね》をかけた細身の彼は、長い前髪のせいで、人相がわかりづらかった。でもイケメンっぽい。どういうわけだか、この商店街はイケメンぞろいだ。酒屋の跡取り息子のスグルや〈砂糖屋綿貫《わたぬき》〉の二階に下

宿する大学生もだ。〈キッチン田中《たなか》〉のシェフに至っては、つい最近、『町で見かけたイケメン』とやらいう雑誌のコーナーで紹介されたことがあったらしい。

翻《ひるがえ》って真悟はと言えば、デブで脂症、そして髪の毛がパーマをかけたかのように縮《ちぢ》れていた。自分の外見がキモいのは重々承知だ。小中高専門学校と男女問わず、あらゆるひと達にキモいと言われつづけてきた。もし子ども達にむかって、「ウチにもおいで」などと言おうものなら、どんなことになるか想像がつく。

昼間にも一度、店を空けている。弁当を買いにいったのだ。今日は明日町公園近くの〈あったか弁当・おまち堂〉の生姜《しょうが》焼き弁当だ。祖母がいないので、自分のだけである。おなじ商店街の〈キッチン田中〉や〈やきとり鳥吉《とりよし》〉でもランチに弁当がある。そして〈伊藤《いとう》米店〉は土鍋《どなべ》で炊いたおにぎりを店先で販売していた。昼はこのいずれかで済ます。どの店へいくときも混雑時は避け、一時半から二時のあいだに足を運ぶようにしていた。真悟が〈うさぎや〉で居候する前の数年、祖母は〈おまち堂〉のお弁当ひとつで昼夜の食事を済ませていたそうだ。

ともかく頻繁《ひんぱん》に店を空けてはまずい。客なんて滅多にこないにせよだ。平日など十人くれば奇跡だった。

今日など昼までに店を訪れたのは猫一匹である。〈ブティックかずさ〉のオジーだ。

毎朝、店前の通路で寝転がっており、シャッターを開いて、真悟が店に入ると、あとをついてきてしまう。狭い店内でなにするでもない。ただぐるりと一周し、自動ドアの前に戻ってきては、ここを開けてくれとみゃあみゃあ鳴くだけだった。

いろはに金平糖の歌がふたたび聞こえてくる。どうしたことか、今度は子どもの声だけではなかった。おとなの声もあった。女性だ。聞き覚えのある声だが、だれだろう。若くはない。ちょっと歳がいっているようだ。〈カフェ　スルス〉のりゅんさんか、あるいは麦山《むぎやま》さんかもしれない。貼り紙を書くためにレジの外側に移したサボテンが目に入る。

もしかして怜子《れいこ》さん?

おなじ商店街に〈グリーンライフ　rei〉なる多肉植物専門店があった。木の扉は常に開けてあるらしく、店内を見ることができた。〈やきとり鳥吉〉へいく途中、前を何度か通っているうちに、そこで働く女性が気になりだした。髪が短くて、いつも似たようなTシャツとジーンズだ。化粧っ気もほとんどない。それでもだ。だからこそか。

祖母との会話で、彼女が怜子さんだとわかった。三十歳は優に超えていることもである。しかし見た目は二十代なかばといったふうだ。美人過ぎて、近寄り難いくらいだが、一度ははっきりと顔を拝みたいと思い、勇気を振り絞り、店に入った。先月のおわりのことである。

結論から言えば、ちょっとしか拝めなかった。真悟が店に入ってからすぐ、十歳くらいの女の子が入ってきて、怜子さんと話をしだしたからだ。主に学校での出来事で、いつまで経ってもおわる気配がなかった。どうやら怜子さんの姪《めい》っ子だったらしい。真悟は狭い店内をうろつきながら、どうしたものかと困り果てた。そのままでていくのも悪い気がして、自分の下心を読まれそうにも思い、八百円(税別)のサボテンを買って、〈うさぎや〉に戻った。

『Xマ』まで書きおえたところで、金色のマーキングペンに蓋《ふた》をした。もし怜子さんであればチャンスだ。

店先から顔をだすくらいだったら。

カウンターをでようとしたときだ。自動ドアのむこうに人影が見えた。

ピヨヨ、ピヨピヨ。鳥の鳴き声がした。本物ではない。人が通ると、センサーが感知して、鳴き声がする置物だ。〈台湾茶淡月《たんげつ》〉におなじものがある。それを見た祖母がえらく気に入って、ネットで購入したのだ。ただし〈台湾茶淡月〉のは水色と黄色がまじった羽の色だったが、ここのは緑色と赤色とやけに派手だった。

客だ。いや、ちがう。でもそうなのか。真悟は訪れたひとを見て、ほんのわずか、混乱を来した。

「なんだ。元気そうじゃないか」

光るは親父のハゲ頭。禿頭《とくとう》の彼は義父だった。

「草加に帰ってこないからさ。スマホに連絡をしてもでないだろ。だから様子を見にきたんだよ」

真悟の部屋にスマートフォンとパソコンが置きっ放しなのを、義父と母は気づいていないようだった。わざわざ言う気も起きない。

「ご、ご無沙汰《ぶさた》してます」

「ご無沙汰ってほどでもないだろ」義父はひとのよさそうな笑みを浮かべた。ただし目は少しも笑っていない。「でも三ヶ月は経つか。武子《たけこ》さんはいらっしゃる?」

義父は祖母を下の名前で呼ぶ。これを祖母はひどく嫌がった。だけどお義母《かあ》さんはもっと嫌だから、堪《こら》えているのよと祖母は言う。

「病院にいってまして」火曜日は内科だった。

「そうなんだ」

義父の返事が、真悟には白々しく聞こえた。祖母がいないのをわかっていて、きたようにに思えてならない。

「お祖母《ばあ》さんに用だったんですか」

「いや」義父は首を横に振り、店内を歩きだした。オジーとそう変わらない。いや、オジーのほうがまだ、玩具《おもちゃ》に興味を示す。「店の売り上げに貢献しようと思って」

クリスマスイブが予定日の赤ん坊のためか。

「赤ちゃんの上で、ぐるぐるまわるアレ、ないのかね」

やはりそうだ。

「ベッドメリーですね。でしたら、こちらに」

カウンターをでて、義父の前を通り過ぎ、店の奥へと進み、赤ちゃん玩具のコーナーへむかう。

「このへんのがそうですが」

「色々と種類があるんだな」義父は棚に並んだベッドメリーの箱に触れようとしない。腕を組んで眺めているだけだ。「どれがいちばんの売れ筋だい？」

いちばん売れているものが、いちばんイイものだと、義父は信じている。

「こ、これです」

一昨日に売れた商品を手に取った。この三ヶ月で売れたベッドメリーはその一個のみである。いちばんの売れ筋であることは嘘《うそ》ではない。

「税込みで九千百八十円か。アカチャンホンポとかトイザらスだったら、もっと安くはないかい？」

冗談めかして言ってはいるが、やはり目は笑っていない。つまりは本気で批難しているのだ。

「今日からクリスマスセールがはじまったんで、全品一割引になります」

セールはまだ先だ。でもそう言わざるを得ない空気になっていた。

「さらに家族割引はできないかな」

紳士然として、セコいことを言うものだ。

ボクハ一度ダッテ、アナタヲ家族ダト思ッタコトハナイ。ソレハ、アナタモ同ジデショウ。

「お祖母さんに電話をかけて、相談してみます」

「いや、いい」レジへ戻りかけた真悟を義父は慌てて引き止めた。「家族割引だなんて、冗談に決まっているだろ。はは。それを戴《いただ》くとしよう」

会計を済ませてから、真悟はラッピングに取りかかることにした。包装紙の柄やリボンの色を義父に訊ねはしたものの、いちばん人気があるので、としか答えなかった。クリスマス用のラッピングは今日がはじめてだ。いちばんもなにもあったものではない。

ともかくサンタがわんさか飛んでいるのにした。リボンはピンクに決める。

「シューカツはしているのかい」

作成中の貼り紙と道具一式を片付けたあと、包装紙を広げ、その上に商品を載っけたところで、義父が話しかけてきた。

「情報誌とかネットとかで、求人広告を見てはいるんですが」

嘘だ。この三ヶ月、シューカツなどしていない。

「専門学校で身につけた技術を活かせなくちゃな」

念を押すように言う義父の口ぶりは、皮肉めいていた。真悟が通っていたのはデザイナー専門学校のフィギュア造形学科だった。できればデジタル原型師として働きたいのが、真悟の希望である。一旦はその希望は叶った。ただしたった三ヶ月。

「会社が潰れたのは夏前だったよなぁ」

その会社は真悟を含め十人足らず、社長は三十代なかばのバイタリティ溢《あふ》れる男性だった。あとで聞いた話だと、当初から資金繰りが厳しかったのを、どうにかやりくりをしていたものの、大手玩具メーカーとの契約が切れた途端に行き詰まり、わずか五年半で潰れてしまった。

「実際、どうなんだ？　そういった特殊な才能を発揮できる働き口は、なかなかないんだろ」

小言がはじまるのかと、ビクビクしてしまう。情けないことに手が小刻みに震えだしている。義父は物腰が柔らかだ。それでいて威圧的で、他人の意見に耳を貸さずに自分の意見ばかりを押し通し、言うことを聞かせようとする。天高く聳え立つ鉄塔に、怖れに似たものを感じるのは、義父を思いだすからだ。

「私の会社で働いてもらってもいいんだがねぇ」

「と、とんでもない」

真悟は咄嗟《とっさ》に言った。遠慮したのではない。本気で嫌だったのだ。

「真に受けないでくれ。私の会社もここんとこ、厳しくてね。余分な人間を雇う余裕はないんだ」

余分な人間。ヒドい言われようだ。でも真悟は腹が立たなかった。まさにそのとおりだからだ。

「武子さんからバイト代とか、貰《もら》っているのかい」

「少しですが」

ときどき思いだしたように、ぽち袋に入れたお金を真悟に渡した。中身は五千円札か一万円札が一枚である。まるきり不定期なのだが、しかしこの三ヶ月で、十二万円は貰っていた。月に計算すれば四万円に過ぎない。これを正直に言おうかどうしようか、真悟は迷っているところだ。

「だけど月に十万円も貰っちゃないんだろ」

「は、はい」十万円以下ではあるから、嘘ではない。

「でも真悟くん。それだといつまで経っても、私にお金が返せんよね」

真悟は手をとめ、義父を見た。小莫迦《こばか》にした表情に、蔑《さげす》むような目。十歳の頃から十年以上、彼のこの顔を幾度となく見ている。しかし見慣れることはなかった。

義父は真悟がデザイナー専門学校へ通うのに、猛反対だった。最終的には母があいだに入り、学費は払うものの、三十歳までに全額返すようにとの条件が付いた。就職して月に三万円返していくはずが、たったの三ヶ月で滞ってしまった。

「か、必ず返しますので」

「勘違いせんでくれ。急《せ》かしてはおらん。でもお金のことは家族であっても、きちんとしておかないとな」

金の話をするために、わざわざ訪ねてきたのか。

そう思っていると、義父は話題を変えた。

「きみは、いつまでここにいるつもりなんだね」

「はっきりとは決めてはいませんけど」

草加に帰ってこいと言われるのかと思ったが、そうではなかった。

「武子さんに、この店を継いでくれなんて、言われてないだろうね」

店を継ぐ。自分が〈うさぎや〉の店主になるのか。まるで発想になかったことだ。商店街にはそういうひと達が幾人かいる。〈明日《あす》の湯《ゆ》〉の三木《みき》三助《さんすけ》など、まさにそうだ。これは祖母にではなく、三助本人から聞いた。彼とは昔、母の公恵が出戻り期間中、おなじ小学校に通っていた。しかも四年で転校するまでずっと、おなじクラスだった。ここに戻ってきて、三助とは数度、立ち話をしているが、母の旧姓で呼ばれている。小学校の頃、そうだったのだ、やむを得ない。訂正しないままでいる。

「今後、もし言われたら、きっぱり断りなさい。小売業なんて儲《もう》かりっこないし、税金だって莫迦にならん。やるだけ無駄だ。こんな店に未来はない。いいね？　返事をしたまえ」

「は、はい」

真悟は作業を再開する。手の震えはなんとか止まっていた。一刻も早く、包装を済ませ、義父を店から追いだしたかった。

「狭そうに見えて、この土地、三十坪は優にある。売れば一億にはならずともそれなりの額だ」

義父の鼻息が荒くなる。お金の話となると、興奮してくるのは毎度のことだった。

「武子さんもずっとこの店をつづけてはいられないだろう。怪我をしたのを機に畳んで、ここも売り払ってしまって、武子さんとウチで分ければよかったんだ」

「でもそしたらお祖母さんはどこに」

「山分けしたってウン千万円だ。それだけあれば、けっこうなグレードの老人ホームに入れるさ。私のほうで、いくつか当てはあったのに」

草加のマンションに住ませようとは、端《はな》から考えていないわけだ。祖母も望むまい。この三ヶ月で商店街の噂《うわさ》話と同様に、義父の悪口を祖母から聞かされている。そのすべてを凝縮すれば「あの男は金の亡者」だった。

「なのにまさか、きみが住み込みで、店番をするだなんて、まったくもって想定外だった」

「でもそれは母が言いだしたことで」

「知ってる」義父は不機嫌そうに言った。「あのとき、私もいっしょに見舞いにいっておけばよかったんだ。まったくツイてないよ。ウチの会社、新事業がうまくいってなくてね。手持ちで一千万円もあれば、どうにかなったはずなのに」

真悟は胸くそが悪くなってきた。要するに自分に必要な金を調達するのに、祖母が怪我をしたのをきっかけに、この土地を売れぬものかと画策していたのだ。いや、いまもその企みは継続中にちがいない。

「いいかね、真悟くん。武子さんが店のことや土地について、なにか話をしたら、必ず連絡するんだよ。私にしづらければ、公恵にでもいい」

リボンをかけ、包装は仕上がった。手提げの紙袋に入れているあいだも義父の話はつづく。

「ここは武子さんだけのモノではない。私達の夫婦のモノでもあれば、これから産まれる子どものモノでもある。そして真悟くん、もちろん、きみのモノでもある」

取ってつけたように言われても。

「きみはイイ子だ。武子さんの機嫌をとって、ここを独り占めしようなんて、思っていないよな」

「そんな」金ノ亡者ノアナタジャアルマイシ。「思ってません」

「だよな。そりゃそうだ。こうして直接会って話すのがいちばんだな。今度またくるよ。なんだったら、夕飯でも食おう。この近くに、よさげなドイツ料理屋があったから、あそこにしよう。うん。それじゃ」

「あの、これ」

真悟はカウンター越しに紙袋を差しだした。

「お、おお。肝心なものを忘れるところだった。はは。武子さんによろしくな。痛っ」

義父は紙袋を受け取ろうとして、悲鳴に近い声をあげた。何事かと思ったが、すぐにわかった。〈グリーンライフ rei〉のサボテンだ。レジ横に置いていたそれに気づかず、右手で触れてしまったのだ。

「どうしてこ、こんなところにサボテンがあるんだ」

「す、すみません」

詫《わ》びながらも真悟は内心、ほくそ笑んでいた。わざとではない。もっと内側に置いていたのを、貼り紙を書くために、そこへ移してあったのだ。

義父が去ったあとだ。ふたたび貼り紙の作成に取りかかろうとして、はたと気づいた。いつの間にか、いろはに金平糖の歌が聞こえなくなっていたのだ。どれだけ耳を澄ませても駄目だった。代わりににわとりの鳴き声しか聞こえてこなかった。

ん？

なんでにわとりの鳴き声なんか聞こえるんだ？

義父が訪れた翌日は定休日だった。

といってどこかにでかける予定などない。といってウチでグダグダしていても、気持ちが塞《ふさ》ぐばかりなので、昼過ぎには表にでて商店街を散歩することにした。じつはいろはに金平糖をどこでだれが唄っているのか、さぐってみるつもりでもいた。だがまだ時間が早かったので、ランチにカレーを食べることにした。以前は不動産会社だったはずの建物が、〈ママレード〉というインドカレー屋になっていたのだ。夫婦で切り盛りをしており、テーブル席二つと、カウンター席六つのこぢんまりとした店内で昼はつねに満席で、いままで入ったのは二度だけだ。でも今日は少し遅めだったおかげで、すんなり入ることができた。べらぼうにウマい。ただ悔しいのは店の夫婦が仲睦《なかむつ》まじいことだ。「絵美《えみ》」「岳《がく》」と名前で呼びあうものの、べつに目の前でイチャつくわけではない。お互い信頼しあい、目と目で会話ができているのだ。しかも昼時、最後の客だった真悟は、夫婦と三人になってしまい、カノジョいない歴イコール年齢の身としてはいたたまれなくなり、慌ててかっこんで店を飛びだした。

そのあと〈古書《こしょう》卯月《がつ》〉で文庫を一冊購入して、〈しるなん堂〉に入った。スケルトンでオレンジ色のｉＭａｃは断捨離したのに、〈うさぎや〉の二階にはレコードプレーヤーがあった。レコードもそこそこあるものの、演歌や浪曲ばかりで、真悟の趣味にはあわず、一枚もかけたことがなかった。

商店街の通りのぐっと奥よりにあるこの店を見つけたのは、居候をはじめてしばらく経ってだ。せっかくなので、ご近所のよしみで一枚くらいレコードを買ってみようと思ったのだが、そうはいかなかった。中古なのに、あるいはだからなのか、信じ難い値段で、とても手をだせなかった。ただ店の雰囲気が好きで、ときどきこうして立ち寄っているのだ。

そこに女の子がいた。

お下げで、まん丸な眼鏡《めがね》をかけ、ボーダーのTシャツの上によれよれのデニムのシャツを羽織って、そしてよく見れば小さな十字架のネックレスをかけている。俯《うつむ》き加減で真悟をけっして見ようとしない。写真なのだ。より正確に言えば、レコードのジャケットだった。カウンターの奥の陳列ケースに飾ってあったのが、目に入り、しばらく見つめてしまった。

似たひとを思いだしたのだ。専門学校でおなじ科の女の子だ。卒業するまでの二年間、言葉を交わしたのは数える程度だった。これは真悟に限ったわけではない。人見知りの子で、だれとも満足に口をきかなかった。だがだれよりも腕はよかった。わざわざ専門学校に通わずともいいのに、というレベルだったのだ。

グラニーグラスっていうんです、これ。グラニーはおばあちゃんって意味で。

その子と教室でふたりきり、隣同士でパソコンをいじっていたことがあった。なにか話したほうがいいと思い、眼鏡を褒めたところ、彼女はそう答えた。会話はそれで途切れた。真悟も人見知りなのだから仕方がない。

「きみ、ここんとこ、よくくるね」

いきなり声をかけられ、身体《からだ》をびくりと震わせてしまった。いまいる〈しゑなん堂〉の店主だ。ハンダ鏝《ごて》を片手に、カウンターでギターの修理と思《おぼ》しき作業をしていたのだ。名前は知らない。ハンチング帽のようだが、それよりもぜんたいがふっくらした黒い帽子を被《かぶ》っている。バイトの女の子がレノンさんと呼ぶのを幾度か聞いた。でもまさか本名ではあるまい。

「宇崎《うざき》さんとこの孫なんでしょ」

宇崎は母の旧姓だ。店の名前も〈うざきや〉では言いづらいし、なにより玩具屋らしくない。そこで〈うさぎや〉と祖父が名付けた。母と祖母に繰り返し、聞かされた話だ。祖父は真悟が生まれる一年前に亡くなっている。

「おばあさん、元気？」

「元気にしてます」水曜日は泌尿器科だ。そのあと浅草《あさくさ》のほうの図書館で、読書会に参加するので、帰りは六時だとでかけていった。

「なにか楽器できたりする？」なにをいきなり？「きみみたいなタイプって、ベースやってそうだけど」

「いえ」どんなタイプなんだ。「なにもやってません」

「そっか」そこでようやく作業の手を止め、レノンさんは真悟のほうを見た。「気になる？　あのＬＰ」

「あ、はい」グラニーグラスをかけた女の子のレコードのことだ。

「よかったら聴かせてあげよう」

真悟の答えを待たずに、レノンさんはケースからそのレコードを取りだした。自分で聞きたかったのかもしれない。

真悟は音楽に疎《うと》く、聞くのはせいぜいアニソンくらいだ。英語もさっぱりわからない。それでもそのレコードから流れる歌声に聞き入った。なにがどう素晴らしいかは言葉にするのは難しい。じつは二、三曲おつきあいで聞いて、店をでるつもりだった。だが結局、最後まで聞いてしまった。

「これって写真のひとが唄っていたんですか」

「そうだよ」レノンさんはレコードをジャケットに入れていた。「ジュディ・シルって女の子。とは言っても生きていれば、ぼくよりも年上だけど」

『ハート・フード』というそのレコードはジュディ・シルの二枚目のアルバムで、一九七三年に発売になったものだという。ただし彼女はその後、クスリのやり過ぎで死んでしまったらしい。

「それ、いくらです？」どれだけ高くても買ってみようと思ったのだ。

「売らないよ」真悟は聞き違えかと思った。だがレノンさんはそそくさとレコードをケースにしまっていた。「ほんとにイイと思ったら、またきなよ。ただで聴かせてあげる」

お金に困っている身としては、そのほうがありがたい。だがそれでは商売はやっていけないのではないかと、余計なことを思う。しかもさらに三枚、レコードをかけ、真悟に聴かせながらも、どれも売らないと念を押した。こうなると、どうかしているとしか言い様がない。

「きみ、クリスマスって暇？」

「いえ」

「なにか予定が入っているわけ？」

そんなに意外そうに言わないでくれ。

気持ちはわかる。たしかにデブで脂症の縮れ髪でキモい男にクリスマスの予定があるのは信じられないのはたしかだろう。でもパーティーに呼ばれたのでもなければ、ましてや女の子とデートをするわけでもない。

「うちみたいなおもちゃ屋でも、さすがにクリスマスシーズンはそこそこ忙しくて」

クリスマスまでの一週間は閉店時間を十時までに延ばす。会社帰りのお父さんお母さんのためである。さらにイブの夜などは一晩中、灯《あか》りを点しておく。祖母の話では毎年、草木も眠る丑三《うしみ》つ時に数人は駆け込んでくるらしいのだ。

「稼ぎ時だもんね。でももし時間があれば、これきてくんない?」そう言ってレノンさんが差しだしてきたのは、『しゑなん堂ライブ』のチラシだった。「昨日、刷り上がったばかりでね。ひとに渡すのはこれが最初の一枚」

「ありがとうございます」

「ウチのバイトの子とギターデュエットのバンドをはじめることにしてね。このクリスマスのを手はじめに、できれば週一のペースでやろうと思っているんだ。ブティックかずさの息子さんのバンドもでてもらって、夜八時からで一応、おわりは十時だけど、もっと遅くまでやるかもしれない。なにしろクリスマスだからね」

「だったら店を抜けだしてこられると思います」

「そうだ。よかったら」レノンさんは二十枚ほどチラシを差しだしてきた。「きみの店に置いてくんない？」

「いいですよ」

「このままっすぐ、家に帰る？」

「はあ」

「だったら悪いんだけど」さらにチラシを五十枚以上渡された。「〈キッチン田中〉と〈カフェ　スルス〉に持ってってくれると助かるんだけどなぁ」

　まずは〈キッチン田中〉へいき、『しゑなん堂ライブ』のチラシを渡した。つぎは〈カフェ　スルス〉だ。五時前だが、あたりはすっかり暗くなり、スカイツリーが光り輝いている。商店街を歩きながら、いろはに金平糖がどこでだれが唄っているかを今日もまた確認できなかったことに気づく。どうしても知りたいわけでもないが、心残りではあった。

「まあ、ご苦労様。悪いわねぇ」

〈カフェ　スルス〉で、りゅんさんにチラシを渡すと、やたら大仰に礼を言われてしまった。それだけではおさまらず、コーヒーを飲んでいくように勧められた。断るのもなんだし、ウチに帰ってもなにもないので、その言葉に甘えることにした。

「きみぃ、宇崎さんとこの孫だろ」

窓際の席に座り、〈古書卯月〉で購入した文庫を開く。そして運ばれてきたコーヒーを啜《すす》ろうとした途端だ。隣の席から、こざっぱりした格好のオジイサンが声をかけてきた。

「は、はい」

「子どもの頃、〈うさぎや〉に暮らしてたんだってね。母さんのことはよく覚えているよ。切れ長でなかなかの別嬪《べっぴん》さんだった。出戻ってもすぐまた相手が見つかっても当然だわな」

母を別嬪と褒められても、どう対応していいものか、よくわからない。それに「すぐまた相手」を見つけたわけではなかった。離婚から再婚まで九年かかっている。でもわざわざ訂正する気にはならなかった。

「私のことは覚えているかい？」

「あ、はい。砂糖屋綿貫の」

綿貫徳次郎《とくじろう》だ。砂糖屋があったのは、微《かす》かに覚えていたものの、その主人までは記憶になかった。徳次郎については、先だって祖母から話を聞いたばかりである。

明日町イチの女ったらしで、いまはここ、〈カフェ　スルス〉で働く、りゅんさんにゾッコンで、毎日通っている。ただし恋敵《がたき》がいる。酒屋の隠居、平介《へいすけ》さんだ。八十歳を超えたジイサンふたりが、六十歳過ぎの女性を取り合っているのだ。祖母はこの話をうれしそうにしながら、シシシと口を閉じたまま笑った。

りゅんさんは、どちらにも興味ないけどね。

たしかに真悟が〈カフェ　スルス〉を訪れれば、必ず徳次郎はいた。ただし言葉を交わしたのは、このときがはじめてだった。

「きみ、怜子ちゃんとこで、サボテン買ったんだって」

「え、ええ」

なぜそれを知ってる？

徳次郎が〈うさぎや〉に訪れたことは真悟が働きだしてから一度もない。情報源は祖母だろう。直接、会ってしゃべらずともラインの可能性が高い。商店街の年寄り達のほとんどがラインでグループトークをしていることを、祖母に聞いた。一応、商店街の連絡事に使うはずが、どうでもイイ話ばかり、やりとりしているらしい。

徳次郎は真悟のむかいに席を移動してきた。この商店街の年寄りはだれしもが、威勢がよくて元気で、フットワークが軽い。

「怜子ちゃんに、お姉さんがいるのはご存じかい」

「姪っ子さんが店にきていましたが」

「美羽《みう》ちゃんね。そうそう、あの子のお母さん。十年以上前にお嫁にいったはいいが、離婚しちまってね。出戻らずに、よそで暮らしてて」

訊いてもいないこと、それも個人情報をベラベラとしゃべられ、真悟は当惑するばかりだった。同時に自分のこともまた、おなじようにしゃべられているのだろうと思う。あるいはラインでだ。

「昔はお姉さんのほうが派手で、社交性もあったんで人気だったんだ。怜子ちゃんは地味でオタクだったのが、OLさんやめて親父さんから継いで、花屋を自分の趣味の多肉植物の店にして、商売をはじめてから、ぐぐぐっと奇麗になってさ。〈やきとり鳥吉〉のキヨちゃんも上玉だ。でも騒々しいのがそれこそ玉にキズだわなぁ。久美子《くみこ》先生は俺らにとっちゃ、高嶺《たかね》の花だし」

徳次郎が言う久美子先生とは、明日町にある大きなクリニックのひとり娘だ。先生とは言うものの、医者ではない。音大を卒業して、パリにまで留学をしていながら、自宅でピアノ教室を開いているのだ。

〈グリーンライフ rei〉が〈小塚《こづか》生花店〉だったのはなんとなく覚えている。しかし怜子さんや彼女のお姉さんは、記憶になかった。真悟が小学生の頃にはもう、働いていたかもしれない。制服姿の久美子先生ははっきり目に焼きついている。高校生の彼女が〈うさぎや〉にクリスマスの飾り付けにきたことがあるからだ。

「でまあ、商店街の男達はこぞって、怜子ちゃんの店いって、多肉植物に馴染みがないせいか、みんな、サボテンを買ってきちゃうんだ。三番目か四番目に安いヤツ。はは。いちばん安いのを買ったのは、きみがはじめて」

余計なお世話である。しかし後期高齢者を相手に怒る気はしない。

「〈三波《みなみ》呉服店〉の親父もサボテン、買っててよ。堅物のフリしてるけど、バブルんときゃあ、派手に遊んでやがったからな。コッチのほうは嫌いじゃねぇんだ」徳次郎は右手の小指をたてる。「おっと、噂をすれば影だ」

〈三波呉服店〉の旦那が着物姿で、杖《つえ》をつきながら、〈カフェ　スルス〉の前を横切っていったのだ。彼はずいぶん昔に卒中で倒れて、半身不随になったものの、リハビリと生きる執着心で快復をしたという。ところがその後、出戻ってきたひとり娘に〈三波呉服店〉を乗っ取られ、店にでてはいながらもお飾り同然だ。出戻り時期の母と、この商店街に暮らしていたときから、すでにそうだったらしい。言われてみれば、小学生の頃、店の奥に座る旦那が、地獄の閻魔《えんま》様のようで怖かった覚えがあった。

「平介の莫迦もだぜ。あんにゃろ、いつもはりゅんちゃん、りゅんちゃんって言ってるくせしてよ。いの一番で、サボテン買っていやがった」

あなたもりゅんさんにゾッコンなんでしょ、とは言わなかった。面倒なことになるのは目に見えている。

「その本、〈古書卯月〉で買ったんだよな」

本好きで人嫌いな、そこの主人もサボテン仲間だった。

「アイツがいちばん本気だったんだ。俺や呉服屋の親父や平介に比べりゃ、怜子ちゃんに歳ぃ近いからよ。何個もサボテン、買ってたんだぜ。笑っちまうだろ」

実際、声をあげて笑った。しかし真悟はくすりとも笑わなかった。人付き合いが下手な真悟は、〈古書卯月〉の主人にシンパシーを感じていたのだ。イケメンではないところも大いに共感できた。

「でもよ。つい最近、諦《あきら》めたらしい」

「どうしてです?」真悟は思わず訊ねてしまう。

「怜子ちゃんにコレがいたのさ」徳次郎は右手で小指ではなく、親指を立てた。「昼日中、店ん中で背広姿の男と抱き合っていたのを柳田《やなぎだ》は見ちまったわけ」

「それって柳田さん本人から?」

怜子さんにカレシがいてもおかしくはない。でも店で抱き合っていたなんて、俄《にわか》に信じ難かったのだ。すると徳次郎は両手の甲を真悟にむけた。

「きみはこの類いを信じるかい」

幽霊のことか。

「見たことはありませんが」

「あの古本屋に居着いててね。柳田にくっついて歩いていたりもするんだ。いま話したことは、そいつから聞いたのさ。生きてりゃ優に百歳を超えるくせして、怜子ちゃんに岡惚《おかぼ》れでよ。なんだよ、怒るこたぁねぇだろ」

話の途中から、徳次郎の視線は真悟よりもやや上で、だれかべつのひとに話しかけていた。まさか。真悟はうしろをふりむく。だれもいなかった。

「いまさっきまで、そこにいたんだけどな。きみがふりむいたら、消えちまいやがった」

徳次郎のほうにむき直ると、彼は真顔でそう言った。どこまで信じていいのか、さっぱりわからない。

「きみ、いくつ？」

「二十一歳です」いきなりなんだと思いながらも、正直に答えた。

「ひな菊《ぎく》の……いや、あの子はどうだ」

　徳次郎が窓の外を指差す。そこにはクリスマス仕様と思しきフラワーリースを右肩に通した女子が足早に歩いていた。〈ヒナギク生花店〉のひな菊《ぎく》さんだ。

　でもどうだってなんだ？

「あ、駄目だ。あの子、〈川平《かわひら》金物店〉の孫息子とイイ感じだって話だからな。〈ツルマキ履物店〉に住み込みで働きだしたイトちゃん、わかるか」

「なんとなく」

「ちょっと前まで猫背で少しがに股で歩くのが難点だったけど、最近、直ってきたしな。あの子も年上だが、まあ、いいだろ」

　よかない。

「いい加減になさいな」店の奥からりゅんさんがあらわれ、徳次郎に注意した。「うさぎやさん、困ってるじゃないの。年寄りのお節介は嫌われるわよ」

「お節介だなんて、とんでもねぇ。俺は親切心で言ってるだけさ。この少子化社会、商店街で一組でもカップルができればと」

「いいからそろそろ店へ帰ったら？」りゅんさんは容赦《ようしゃ》しない。芝居がかった口ぶりは元女優だからかもしれない。「昼過ぎからいて、かれこれ五時間になるじゃない。いつまで店を空けてるつもり?」

「いいんだよ、今日は孫娘が店番してくれてるし」

そこへタイミングを計ったかのように、徳次郎の孫娘、キズナが店に飛び込んできた。彼女の名前はもちろん祖母に聞いたのだ。

「やっぱりここだ。ケータイに何度も電話してんのにでないんだから。外国人の観光客が押し寄せてきて、お砂糖のことをアレコレ訊かれて困ってんのよ」

キズナは徳次郎のそばまでくると、その右手首を摑《つか》んで、椅子から立たせた。

「でもキズナ、俺ぁ、日本語以外はさっぱり」

「あたしが拙《つたな》い英語でどうにかする。鶉町《うずらまち》の辰《たつ》さんが遊びにきたんで、お客さんの相手してもらってるわ。十分で帰る約束なんだから。さぁ、早く。りゅんさん、ごめん、お勘定はあとにしてね」

ふたりは慌ただしく、〈カフェ　スルス〉をでていった。

いろはに金平糖　金平糖は甘い
甘いはお砂糖　お砂糖は白い
白いはうさぎ　うさぎははねる

はねるはかえる　かえるは青い

また聞こえてきた。

木曜の今日、祖母はリハビリ病院だ。腰はすっかり完治しているのだが、共にリハビリをした友達と会うとかで、いそいそとでかけていった。孫の真悟とちがって、祖母は社交的で、どこでも友達をつくることができるのだ。羨ましい限りである。

今日こそ探しにいこうか。

そう思い、真悟がレジをでようとしたときである。

ピヨヨ、ピヨピヨ。ポッポォォ、ポッポォォ。ピヨヨ、ピヨピヨ。ポッポォォ、ポッポォォ。

三時を知らす鳩時計の鳩と、センサーがついた派手な鳥が合唱をはじめた。

「なんだ、なんだ。騒々しい店だな」

入ってきたのは〈明日の湯〉の三代目、小学校の四年間、クラスメイトだった三木三助だ。

「や、やあ」子どもの頃、イジメられた記憶が甦《よみがえ》り、畏縮《いしゅく》している自分に気づく。でもどうしようもない。「な、なんか用？」

「それがよ。おっ」三助はレジ横のサボテンに気づいた。「〈ヒナギク生花店〉で買ったのか」

「ち、ちがう。〈グリーンライフ rei〉で」

「最近、サボテンって、流行なのか？　ウチの商店街のあちこちにあるけどよ」

と言うからには、三助は怜子さんの店で、サボテンを買っていないのだろう。商店街の男達はこぞって、というのは徳次郎が盛った話だったわけだ。

「表に貼ってある『Xマスセール実施中』っておまえが書いたのか」

「あ、うん」

「サンタとかトナカイとかウサギの絵もか？」

「そうだけど」

文字だけではなにかと思って描いたのだ。ウサギはここが〈うさぎや〉だからではあるが、商店街の入り口にある招きうさぎを模して描いた。

「よく描けてんじゃんか」

「ありがと」ひとに褒められるのはひさしぶりで、どう応じていいものか迷ってしまう。

「宇崎、じゃねぇや、深見はよ。図工、得意だったもんな。俺、覚えてるぜ。おまえの夏休みの宿題。牛乳パックとか、お菓子の箱とかでつくってきたじゃん、トランスフォーマー。ちゃんと車からロボットに変身できたヤツ。あんときばかりは、おまえをリスペクトしたよ」

「あ、ああ」小学校四年の夏だ。真悟自身、忘れかけていたことだった。

「おまえ、いつまでここにいんだ？」

義父とおなじ質問をされ、真悟は面食らう。

「今度、この商店街で働いてる二十代三十代の男女で、青年部をつくることになったんだと。なんやかんやで二十人近く集まっててよ。俺も誘われて、面倒だけどあれこれしなくちゃなんねえんだ」

「へえ」二十代三十代の男女。となれば怜子さんも入っているはずだ。久美子先生はどうだろう。

「おまえもよ。この商店街にずっといるんなら、入る資格がある」

「な、なにするの、青年部って」

「具体的に言えば、元からある商店街の祭りとかイベントとかをさらに盛り上げたりすんのはもちろんのこと、ホームページを充実したり、フリーペーパーをつくったり、それと最近じゃあ、スカイツリーとか浅草とかから、外国人観光客が流れてきたりすんからよ。そのひと達にもきちんと対応できるようにしなきゃなんねぇ。商店街の未来のためにもよ。若い者が集まって、みんなで知恵だしあおうってわけ」

　コンナ店ニ未来ハナイ。

　義父の言葉が耳の奥に甦る。

「ここには」一拍置いてから真悟は言った。「この店には、これから先ずっといるよ」

「そっか。じゃあ、青年部に入るってことでいいか」

「う、うん」

「なら丁度いいや。おまえ、フィギュアをつくれるってほんとか」

「だれからそれを？」

「だれだっけ」三助は首を傾げた。「思いだせねぇ。だれでもいいだろ。でよ。青年部のメンバー何人かで呑《の》みいって、幾度か話しあっててな。おまえ、招きうさぎがいるの、知ってるだろ」

「商店街の入り口の？」

「そうそう。あれのフィギュアをつくって、外国人観光客向けに売ったらどうかって、アイデアがでたんだけどよ。具体的にどうしたらいいか、だれもわかんなくてさ。おまえはどう？　わかる？　宇崎。じゃなくて深見」

「わ、わかるよ。な、なんだったら、ぼ、ぼくが原型をつくろっか」

「マジで？　頼むよ。でも金はでねぇぞ」

「い、いいよ。じゃ、じゃあさ。サイズやロットは決まってるかな。それに応じて素材が変わってくるからね。金型製作と商品の生産については、専門学校の知りあいを当たれば、どこか見つけられるからさ」

専門学校の知りあい。グラニーグラスをかけた女の子の顔が脳裏に浮かぶ。ジュディ・シルではない。専門学校でおなじ科だったあの子だ。

「ふつう、こういうのって、中国の工場が九割を占めるんだけど、ロットが少なければ、国内でじゅうぶんだと思うよ。なんだったらフィギュアだけじゃなくて、おなじ原型で、キーホルダーとかストラップとかもつくれるよ。あ、でも最初っから欲張らないほうがいいか。うん。まずはフィギュア。あ、でもソフビにして貯金箱もありかも」

気持ちが昂《たかぶ》り、つぎからつぎへと言葉が溢れでてくる。未来だ。未来を語っているからだ。

「ス、ストップ。おまえの話はよくわかった。いや、よくわからなかったが、この件は宇崎じゃなくて深見に任せば、どうにかなりそうなのはわかった。今週末、〈鳥吉〉で青年部のメンバー何人かで呑むから、深見、そこにきて、いまの話をみんなの前でしろ」

「宇崎でいいよ。そっちのほうが呼びやすいでしょ」

「そっか。そうだよな」

三助が笑う。真悟もつられて笑った。

しばらくは未来など考えずに暮らすつもりでいた。だからこそ草加のマンションに忘れたパソコンとスマートフォンを、取りに帰ろうとしなかったのだ。だがいまこうして、招きうさぎのフィギュアの制作を引き受けたとなれば、草加へ一度は戻らねばなるまい。真悟の場合、デジタル原型師なので、ＣＧで制作し、３Ｄプリンターで出力することで、フィギュアの原型ができる。その作業にはパソコンが必要だ。専門学校の知りあいへの連絡に、スマートフォンもいる。

青いはお化け　お化けは消える
消えるは電気　電気は光る
光るは親父のハゲ頭

金平糖の歌が聞こえてきた。いままで話に夢中で、耳に入ってこなかったのだ。

「やっぱ、『親父のハゲ頭』のほうがしっくり、くるよな。中学の校長がハゲ頭なんで、気ぃ遣って、『夜のスカイツリー』に直したらしいぜ。でもよくまあ、飽きずにやってるよな」

三助に同意を求めるように言われ、真悟は目を瞬かせてしまう。

「な、なにを、や、やってるの？」

「ゴム跳びだよ、ゴム跳び。〈三波呉服店〉とこの中一のお孫さんがよ。文化祭で昔の遊びについて調べてるとかで、〈三波呉服店〉の前で、学校の友達とやってたんだ。そこに〈水沢文具店〉のガキ共もまじりだしてよ。さらにはこないだから〈サクマ手芸店〉でワークショップをしてたオバサン連中まで加わってさ。それで歌詞が元に戻ったらしいんだけど。ちょっと見てみるか」

三助と店をでて、〈三波呉服店〉のほうに目をむける。

「人数、増えてんじゃん」

呆れ気味に三助が言う。子どもが十人、おとなはその倍はいそうだった。大半は女性である。〈カフェ　スルス〉のりゅんさんに麦山さん、〈ヒナギク生花店〉のひな菊さんもいる。〈三波呉服店〉でいまや実質、店主である旦那の娘に、〈やきとり鳥吉〉のキヨさんや〈あったか弁当・おまち堂〉の絵美《えみ》さんもいる。〈エステ・イン・アズサ〉の梓《あずさ》さん、〈台湾茶淡月〉の沼野《ぬまの》さん、〈ママレード〉の絵美さん、〈ツルマキ履物店〉の以《い》都《と》ちゃん、〈しゑなん堂〉のバイトの子までいた。

〈カサブランカ洋装店〉の店主に〈伊藤米店〉の梅子《うめこ》ばあさん、〈川平金物店〉のバアチャンもいるが、彼女達もゴム跳びをしたのだろうか。

〈サクマ手芸店〉で働く従姉妹《いとこ》ふたりが左右に立ち、両足首あたりにゴムをひっかけ、三メートルほど離れている。ふたりのあいだに伸びたゴムを、金平糖の歌にあわせ、いま跳んでいるのは、町でいちばんの美女と謳《うた》われた〈キッチン田中〉のママである。はっきり言って、子ども達はそっちのけの状態だった。

「商店街の女性がみんな、集まってんじゃねぇか。うちのばあちゃんに母さんまでいやがる。じきに開店だっつうのに、なにやってんだよ」

三助がそう言ったときだ。

「跳び方があってるかどうか、梅子さんがラインで招集かけたのよ」

驚いた。ふたりの背後に怜子さんがいたのだ。

「平日の三時過ぎで、商店街に客がいるのは、〈水沢文具店〉くらいだからさ。あっ、久美子先生まできたわ。私も、ひとっ跳びしてこよっと」

たったたった、と怜子さんは走り去っていく。

年齢にかかわらず商店街の女達は、きゃあきゃあ、声をあげてはしゃいでいた。だれもがみな、楽しそうだ。

「この商店街って、女が切り盛りしてる店のほうが多いんだよなぁ」感慨深げに言ってから、三助は真悟の背中をばんと叩いた。「俺らも頑張らないといけねぇよな」

ゴム跳びをする女達のむこうに、スカイツリーが見える。

〈うさぎや〉を継いでみようか。並行して、原型師の仕事をフリーでやるのも手かもしれない。

未来だ。また未来のことを考えている。

今夜にでも草加へ戻って、パソコンとスマートフォンを取ってこなければ。

「ココッコッコッコッコケェェエ」

にわとり？　ちがう、チャボだ。アタシもゴム跳びをさせろとばかりの勢いであらわれたのだ。そのあとを〈川平金物店〉の孫息子が追いかけていた。

「どうだ、俺達もいっちょ、跳びにいくか」

「あ、うん」

留守の札をだすべきか、一瞬思ったものの、走りだした三助のあとを追いかけていく。

未来はある。

〈初出〉

寺地はるな『サクマ手芸店』「asta*」二〇一五年十二月号

蛭田亜紗子『ツルマキ履物店』「asta*」二〇一七年二月号

彩瀬まる『川平金物店』「asta*」二〇一七年七月号

芦原すなお『~中古楽器・中古レコードの買取・販売~しゑなん堂』「asta*」二〇一八年二月号

前川ほまれ『インドカレー　ママレード』「asta*」二〇一八年十二月号

大島真寿美『カフェスルス~コアラちゃんの巻~』「asta*」二〇一九年十二月号

山本幸久『おもちゃ屋「うさぎや」』「asta*」二〇一六年一月号

明日町こんぺいとう商店街
心においしい七つの物語

寺地はるな　蛭田亜紗子　彩瀬まる　芦原すなお
前川ほまれ　大島真寿美　山本幸久

2020年　3月　5日　第1刷発行

発行者　千葉 均
発行所　株式会社ポプラ社
〒一〇二-八五一九　東京都千代田区麹町四-二-六
電　話　〇三-五八七七-八一〇九(営業)
〇三-五八七七-八一一二(編集)
ホームページ　www.poplar.co.jp
フォーマットデザイン　緒方修一
組版・校閲　株式会社鷗来堂
印刷・製本　凸版印刷株式会社

N.D.C.913/284p/15cm
ISBN978-4-591-16635-2
落丁・乱丁本はお取り替えいたします。
小社宛にご連絡ください。
電話番号　〇一二〇-六六六-五五三
受付時間は、月～金曜日、9時～17時です(祝日・休日は除く)。

JASRAC出2000680-001
P8101399

ポプラ文庫好評既刊

明日町《あしたまち》こんぺいとう商店街

招きうさぎと七軒の物語

大島真寿美
大山淳子ほか

この路地を曲がれば、そこはもう、すこし不思議な世界の入口——ひとつの架空の商店街を舞台に、七人の人気作家がお店を開店し、短編を紡ぐほっこりおいしいアンソロジー。商店街のマスコット「招きうさぎ」がなつかしくあたたかな物語へと誘《いざな》います。文庫オリジナル。

ポプラ文庫好評既刊

明日町《あしたまち》こんぺいとう商店街2

招きうさぎと六軒の物語

藤谷治
あさのますみほか

ここはすこし不思議で、どこかなつかしい「明日町こんぺいとう商店街」。入口に立つ「招きうさぎ」に迎えられ、今宵も六つのお店に灯《あかり》がともります。ひとつの架空の商店街を舞台に六人の人気作家が物語を紡ぐ、ほっこりおいしいアンソロジー第二弾！　文庫オリジナル。